百喻草

宫蔚国 ——

著

中国言实出版社

图书在版编目（CIP）数据

百喻草 / 宫蔚国著 . -- 北京：中国言实出版社，
2021.1

ISBN 978-7-5171-3687-3

Ⅰ . ①百… Ⅱ . ①宫… Ⅲ . ①诗集－中国－当代
Ⅳ . ① I227

中国版本图书馆 CIP 数据核字（2020）第 266072 号

责任编辑 宫媛媛
责任校对 张国旗

出版发行 中国言实出版社
　　　　地　　址：北京市朝阳区北苑路 180 号加利大厦 5 号楼 105 室
　　　　邮　　编：100101
　　　　编辑部：北京市海淀区花园路 6 号院 B 座 6 层
　　　　邮　　编：100088
　　　　电　　话：64924853（总编室）　64924716（发行部）
　　　　网　　址：www.zgyscbs.cn
　　　　E-mail：zgyscbs@263.net

经　　销 新华书店
印　　刷 北京温林源印刷有限公司
版　　次 2021 年 1 月第 1 版　　2021 年 1 月第 1 次印刷
规　　格 880 毫米 ×1230 毫米　1/32　8 印张
字　　数 80 千字
定　　价 39.80 元　　ISBN 978-7-5171-3687-3

序

    我有幸在宫蔚国的寓言诗《百喻草》出版之前通读了他的作品。我翻阅着，思考着，欣赏着，度过了几天愉快的时光。

    我对寓言这种文体情有独钟，阅读，创作，评论，研究，从未间断。我阅读别人的作品，首先是为了充实自己。在阅读中有些感触，有时也忍不住写些评析短文，也为几位朋友和学生的寓言集写过序言。日积月累，迄今已写下 20 余篇了。我给金江写的评论，最初发表于《枣庄师专学报》，后被收入樊发稼老师选编的《金江寓言评论集》（海燕出版社出版），又收入了《金江文集》（中国戏剧出版社出版）；我给邝金鼻写的寓言评论和童话评论，被收入《邝金鼻文学作品评论集》（新世纪出版社出版）；我给吕德华写的评论初发于《天津日报》，后收入《吕德华寓言童话作品精选》（百花文艺出版社出版）；我给钱欣葆写的评论初发于《中国儿童文学》，后被作为他的寓言集序言；我给高洪波写的诗歌评论（其中涉及寓言诗），先后发表于《中国少儿出版》和《文艺报》……这些评论文字得到作者和编辑的认可，使我感到欣慰。

    但对于寓言诗，无论是创作、评论还是写序，我都感到畏惧。因为寓言诗不好写，也不好评。多年前，我曾想写一篇关于寓言诗的评论，也尝试着写过一些寓言诗，所花的精力可以用"呕心沥血"来形容，虽然发表过几首，但总的说来不成功。最后知难而退了。

    我常思考：寓言诗难写，难在哪里呢？

窃以为，诗的核心是抒情，这个"情"要具有独特性，寓言的核心是叙事并最终揭示寓意，这个寓意要具有普遍性。二者有矛盾。这是难点之一。

不错，叙事诗也是叙事的，但优秀的叙事诗，叙事部分总是高度浓缩，并不追求完整的情节，而抒情部分则一唱三叹，反复吟哦。以《木兰诗》为例，"将军百战死，壮士十年归"，多年的战争生活一带而过，而表明木兰从军决心的部分，则反复吟唱："东市买骏马，西市买鞍鞯，南市买辔头，北市买长鞭。"凭常识我们就知道，这些东西可以从一个地方买到，不必跑遍全城。诗人为什么这样写？便于抒情而已。在诗里，强烈的主观感情可以使客观事物变形。

难点之二，诗强调主观，寓言则强调客观。诗中的景、物、事无不带有强烈的主观色彩，而寓言要揭示客观真理，即使营造了一个假定的寓言世界，也要给读者以真实可信的感觉，也就是说，寓言里的故事是虚构的，但需要给读者以真实的印象。

至于寓言诗的形式，那是很容易做到的，如分行分节，讲究韵律，可读可诵，朗朗上口，等等。

总之，我认为寓言诗和散文体寓言根本的区别在于：前者在歌唱一个故事；后者在讲述一个故事。

真正优秀的寓言诗，总能抓住那些既有诗意又有寓意的题材来加以表现，作者既需要有激情又需要有哲思。单有激情，可以成为诗人，但不一定能写好寓言诗；单有哲思，可以成为寓言作家，但同样不一定能写好寓言诗。

寓言诗的文体规范如此严格，所以，古今中外成功者不多。克雷洛夫和拉·封丹是成功的寓言诗人，但他们的作品中有相当大部分缺乏诗意。寓言诗在中国也有悠久的传统，寒山子、杜甫、白居易、刘禹锡等人都写过很好的寓言诗，但数量不大，他们也不以专门的寓言诗人的身份出现在文学史上。

中国当代在寓言诗创作上取得巨大成功者首推刘征，此外，刘饶民、杨啸、高洪波、蓝海文、张秋生、刘猛、刘斌、圣野、李继槐、储佩成、许润泉，等等，也写过很好的寓言诗。总的说来，不算发达，成功者寥若晨星。

在这样的大背景下，宫蔚国知难而进，在寓言诗领域倾注了自己的心血并收获了累累硕果，难能可贵。现在，他的寓言诗集就要出版了，我感到由衷高兴。作为他曾经的老师，又有着共同的爱好，理应对他的创作予以关注。

读宫蔚国的寓言诗，第一个感觉就是诗味很浓。他是一个有成就的诗人，出版过诗集，又是诗歌民刊《淮风》的主编，与全国各地的诗友多有交流，对于诗的风格和流派，内容和形式，烂熟于心。因而他写起寓言诗来，着眼点就在于诗意地"歌唱"一个有寓意的故事，而不仅仅是讲述。我们来看《公鸡的理想》中的这几句诗："一只公鸡自小受了童话的影响，希望做一只鹰，飞上蓝天，搏击长空，它希望每天站在山顶，第一个叫醒黎明。"这样的诗句清新、凝练，内在的旋律感极强，且易读易记易诵，诗味浓郁。

寓言诗是一种载道的文体，劝喻意味很浓，寓意越深刻越好，现实性越强越有感染力。宫蔚国的寓言诗，在这些方面都堪称优秀，对人性弱点和社会丑陋现象的讽刺是广泛而深刻的，称得上是根植于现实社会土壤中的带刺的花。如《爱听好话的猴子》劝人要自知、自重;《虫与叶子》对社会上流行的追求不切实际的所谓"自由"进行反思，等等，无不触及时弊，催人警醒。他的寓言诗是辛辣的，也是温暖的，讽刺而不挖苦，呵斥而又毫无敌意，都是善意讽刺、好心提醒的警世之作，传递出人世间的正能量。

从寓言的角色来说，宫蔚国笔下，飞禽走兽、各色人物，甚至一些抽象的概念等，都被写进寓言诗中。这些角色的"物性"特征，大多贴切而准确，可见作者有丰富的知识储备，读书多，涉猎广，善于观察自然、观察社会，这与他的教师兼诗人的身份是分不开的。角色"物性"的准确只是一个方面；另一方面，还要考虑到"物性"能否准确表达寓意——角色的外在特征与内在特征是否一致。纵观他的作品，基本是规范的。

总之，宫蔚国笔下的寓言诗，是当代文坛上较为优秀的寓言诗，是真正的寓言诗。宫蔚国当然也就是一位真正的寓言诗人。祝他有更多更好的作品问世。

薛贤荣

2020 年 10 月

目 录

行者与地平线·············· 001

白马的遭遇·············· 003

树与白云·············· 006

胆小的公鸡·············· 008

爱听好话的猴子········ 011

老鼠学礼·············· 013

两只小猫·············· 015

牛与狐狸·············· 017

树与藤儿·············· 020

青蛙效应·············· 022

犬与狼·············· 025

傻小猫·············· 028

山羊与野狗·············· 030

蛇与小鸟·············· 033

羊的旗号·············· 035

养鼠的猫·············· 037

鹦鹉的本领·············· 040

正直的犬·············· 041

猪猴挖井比赛·············· 043

头羊的烦恼·············· 047

狗兄虎弟·············· 049

鼠的心事·············· 052

扫把的错·············· 054

花狗·············· 055

家畜的理想·············· 058

燕雀的友谊·············· 061

不专心的猴子·············· 064

好斗的公羊·············· 066

角色转换·············· 068

猪指导·············· 070

回报·············· 072

虫与叶子·············· 074

委屈奖·············· 077

豪猪·············· 079

诱饵 ················ 082

成功经验 ············ 085

羊与猪圈 ············ 087

枯树 ················ 090

运动会 ·············· 093

娱乐至死 ············ 095

鼠的管理 ············ 097

蛇大王 ·············· 100

主人与台扇 ·········· 104

东郭先生与狗 ········ 106

神仙与工作狂 ········ 108

兄弟俩与种子 ········ 110

合作伙伴 ············ 112

一条河流 ············ 114

船的遭遇 ············ 116

火苗与水缸 ·········· 119

垃圾与黄金 ·········· 121

脸盆与臭水沟 ········ 123

龙的事业 ············ 125

墙头树 ·············· 127

热情的火苗 ·········· 130

软柿子 ·············· 133

树的选择 ············ 135

太阳与风 ············ 139

洼地 ················ 142

衣服与墙纸 ·········· 144

猫的报复 ············ 146

母鸡的教导 ·········· 148

池塘与月亮 ·········· 150

骄傲的棉衣 ·········· 152

青番茄 ·············· 154

树兄弟 ·············· 156

虚荣的柿子 ·········· 159

灯泡 ················ 161

风与水 ·············· 163

山 ·················· 165

玫瑰 ················ 166

船与土坝 ············ 168

猴与笨猪 ············· 171

旋风 ············· 173

拔罐 ············· 175

耕地 ············· 177

草与树（二题）········ 179

帆 ············· 183

路灯与月亮 ············· 185

病树 ············· 187

假话真话 ············· 190

心灵的窗户 ············· 192

钻石 ············· 195

魔术师 ············· 197

皮球（二题）··········· 199

太阳与行星 ············· 204

水洼 ············· 207

否定 ············· 209

猴子与老屋 ············· 211

小溪 ············· 213

云与鸟儿 ············· 216

船儿 ············· 218

狼老师 ············· 220

公鸡的理想 ············· 223

好奇的猴子 ············· 226

羊的诉求 ············· 228

嫦娥 ············· 230

公鸡教学 ············· 233

农夫与牛 ············· 237

猪与大象 ············· 240

后 记 ············· 242

行者与地平线

一棵大树正在瞌睡
被行者唤醒
行者向它躬身致谢：
你曾是我的地平线
如今已在我的眼前
谢谢你给了我目标和方向

大树莫名其妙：
行者啊，你一定犯了迷糊
你看，地平线远在天边
而我打小就在这儿
从未离开半步

行者点点头：
你生长在一个美好的地方
是我的必由之路
你无法理解一个行者
挣脱贫荒之地的脚步

行者稍事休息
向人树告别
继续自己的行走
望着行者渐行渐远的背影

树感到不可思议
远在天边的怎么可以走到近前

行者走成一个黑点时
树骄傲地想：
现在我又成为行者的地平线了
不，是目标和方向

寓意： 对于追求梦想的人而言，无论多远的
地平线都会踩在脚下，而起点高的
人如果墨守成规，也会被远远地甩在
后面。

白马的遭遇

一匹白马过得总是不顺
老虎为王时，让它做信使
白马认为做个跑腿的有什么前途
就对老虎心生怨恨
它讽刺老虎也就在林子里
要一耍威风，到了平原
一只狗就能让它夹起尾巴
老虎听到消息
就撤了白马的职

它说白马有使不完的劲
让它和骆驼一起去搞驮运
白马累得不行，呼天叫地

好在不久驴做了领导
念与白马有点远亲
就让它做自己的保镖
白马起初感觉良好
很快心理就有所失衡
你看驴有什么本领
论身材论气力论行走
甚至连嘶叫自己也比驴动听
驴听到消息心中不悦

它说白马的确有行走的本领
就将白马赶进磨道
给它蒙上眼睛，戴上嘴套
让它在漆黑的世界里整天拉磨
寂寞、单调、枯燥的生活
让白马差点疯掉

后来牛做了领导
白马总算重见了光明
牛找白马谈心
咱们是牛马不分的生死弟兄
请你做我的副手
我们共创一片新的天地

白马无比感激
它决心好好努力
不辜负牛的知遇之恩
可是不久白马感觉牛比自己
反应迟钝，没有个性
处事圆滑，做事拖拉
它就经常越俎代庖
很多场合去抢牛的风头

同事都看不惯它
纷纷向牛告状
牛憨厚地笑笑

我的兄弟喜欢担当
要给白马委以重任

于是，牛分白马大片农田
赐给它一套农具
让它从此犁田耙地

寓意： 自负、不懂得感恩，也不知道珍惜机
会的人，生活总是过得不顺。

树与白云

白云飘来飘去，居无定所
它见树安居乐业，非常羡慕
白云对树说：
帮个忙吧，借条根给我
让我能和你一样生活

树借条根给白云
白云把根扎在树旁
它们成为要好的邻居

时间稍长，白云憋得难受
它本来好动，想蹦一蹦，跳一跳
却动弹不得

白云说，树啊，在你这里
多像画地为牢，不如我们一起
去过新的生活

于是白云借助风力帮树连根拔起
它们飘荡在天空，充满乐趣

但树生来恐高，时间稍长
头晕目眩，心惊肉跳

树说，天上的日子就是流放
它思念生长的地方

这样树又回到故土
白云依然在天上

有时，白云路过树的上空
会亲切问候一声
树也会亲切招呼白云
它们都已明白各自的生活
也明白自己要做的角色

寓意： 生活中各有各的烦恼，与其羡慕别
人，不如活出自己的精彩。

胆小的公鸡

公鸡一家性情温和，与世无争
可它的周围却险象环生
一天小鸡在外玩耍
遭到不幸
一只老鼠袭击了它
让它在如花的年龄
就失去生命

公鸡一家悲痛异常
告到法庭
老鼠害怕
愿主动受罚
它愿赔偿一碗小米
希望公鸡撤诉
公鸡为息事宁人
接受了调停

可是不久
不幸的事再次发生
一只黄鼠狼乘公鸡不备
潜入它的家里
吃掉母鸡
公鸡悲愤不已，再次告到法庭

法庭劝其调解
最终公鸡获得一盆豆饼

但公鸡的退让并未换来和平
一只猴儿见它羽毛鲜亮
将它捉住，拔光羽毛
做成玩具
法庭依照前例
请猴子发个致歉声明

公鸡赤裸着身子
生活失意
这时，它被一只狗紧盯
没容公鸡多想
狗直接宣布结局：
你放心，我会服从法庭判决
给你修座小坟

寓意: 面对侵犯，一味妥协、怕事，是不会
换来和平的。

爱听好话的猴子

一只猴儿爱听好话
被人夸时，喜欢双手捂脸
显得谦逊，不好意思
但它听不得批评，一句不入耳的话
就会让它做出攻击的姿势

别人知道它的喜好，都当面奉承
有人说，猴儿是懂廉耻的动物
只有它的脸最有血色
猴儿就会递过脸来让人抚摸
有人说，猴儿的眼睛最为有神
它就会使劲地转动眼睛
有人说猴儿的身手最是敏捷
它就会上蹿下跳一刻不停

有人甚至怂恿猴儿
路口的红绿灯破损
你屁股红得像灯
爬上去可以指挥交通
猴儿果然爬上灯杆撅起屁股
往来车辆好奇，都停下观看
猴儿非常得意，像个英雄

一天，猴儿听到别人赞美孔雀

心里不悦，就去找孔雀比试

动物园里，孔雀在表演开屏

观众一片喝彩

猴儿说，这是撅屁股啊

于是它也跳进去撅起屁股

观众一阵哄笑

猴儿却以为这是最美的赞声

动物园觉得有利可图

就聘请猴儿做表演嘉宾

这样，孔雀表演时就多一个搭档

在响起赞美声的同时

总会有一阵哄笑

寓意：虚荣并不能带来真正的荣誉。可是有虚荣
　　　心的人，往往分不清真诚的赞美与嘲讽。

老鼠学礼

一只白鼠经常去祠堂偷食
吃饱喝足，就到旁边的学堂看热闹
学堂教的是圣贤书
听得多了
鼠也受到熏陶
变得谦让、礼貌

一天白鼠发现一块肉
兴奋异常
刚巧有只灰鼠路过
跑来抢食
白鼠客气地把机会给它
谁知灰鼠刚一吃到
啪的一声就被铁夹夹着
白鼠惊出一身冷汗
灰鼠则用绝望的眼睛看着它
痛恨地说，是你害了我

白鼠很痛苦，就向先生请教
难道谦让是一种罪过
先生说，你的谦让没错
你刚懂得善念，就免了一场灾祸

寓意： 谦让是一种美德，它表面上看起来
吃亏，实际上可以避免麻烦，甚至
灾祸。

两只小猫

两只小猫
白猫勤快，黑猫懒惰
白猫整天捕鼠
身上很脏
懒猫躺在家里睡觉
非常干净

主人欣赏白猫但嫌弃它脏
对它敬而远之
却经常把黑猫抱在怀里
亲密异常
白猫不知原由
心灰意冷
做事不再有兴致

一天一只老鼠偷食
两只猫都没有理睬
主人怪罪白猫
为什么不去抓鼠
白猫反驳
你怎不责怪懒猫呢

主人生气

你身上肮脏
又不抓鼠
要你何用

于是将白猫逐出家门

寓意： 对待员工赏罚分明，才能调动他们的
积极性。勤劳的要奖赏，懒散的要
惩戒。

牛与狐狸

牛拿出半生积蓄
购置一个农庄
它知道自己憨厚
不适宜经营
想请狐狸管理
因为狐狸聪明
一定不会让农庄吃亏

马提醒它
聪明的人也绝不会让自己吃亏
牛没有听劝
请狐狸做了管家

狐狸果然没有让牛失望
跟谁交易都要占点便宜
时间稍长，农庄的信誉受到损伤

一次见牛有些担心，狐狸劝牛
你不妨出去逍遥，请相信我的品格能力
牛相信狐狸，让它全面管理

狐狸一面管理农庄
一面自己购置田地

资金不够，就贩卖农庄

农庄面积渐渐缩小
狐狸的田地渐渐扩大
当老牛归来时
农田已所剩无几
狐狸交给老牛一份账单
催老牛好好打工还账

牛满怀怨愤
也无可奈何
债主临门
它只得重新拖着犁耙给人打工

它看见有一张大大的招工广告
原来是狐狸的农庄开业经营
它将简历递上
狐狸热情地接待它
狐狸说，感谢你对我的知遇之恩
我让你做工头
给你最丰厚的工资

牛感谢狐狸知恩图报
从此努力工作

寓意：奸诈之徒会利用别人的善良、忠厚钻空子，忠厚老实的人也要反思，自己为何上当受骗。

树与藤儿

小树与藤儿相识
它喜欢藤儿娇柔的模样

藤儿无依无靠，小树怜悯它
便将它领进家里

小树自己还小，没有能力抚养藤儿
它对妈妈说，这是我的宝贝
你要帮我照顾好

它的妈妈身体虚弱
周边许多树木都在竞争
它要花费精力吸收阳光、养料
但小树又哭又闹
妈妈只好答应它的请求

妈妈尽力照顾藤儿
小树有时过来玩耍
却从不分担劳动
一只小鸟见状，讥讽说，你可真疼你妈哟
小树颇为自得，希望你为我的爱心歌唱

藤儿长得很快
越来越粗的身躯，缠得妈妈呼吸困难

小树浑然不觉
只为朋友的成长欢呼

妈妈的营养渐渐供应不上
它想让小树帮忙
小树却没听见
它呼吸越来越艰难
最后死亡

小树很伤心，藤儿也很失望
藤儿担忧今后的生活
小树勇敢地说
亲爱的，不怕，有我来承担

寓意： 不辨是非，以个人的喜好，把压力强加
给亲人，是自私无知，更是害人害己。

青蛙效应

一只青蛙到大学学习管理
上了一课叫"青蛙效应"
说有个试验
如果把青蛙扔进开水里
它会迅疾地跳出
从而保全了生命
如把它放在温水里
慢慢加热
直到把它烫死
它都不会逃离
可见这时它多么麻痹
丧失了对环境的警惕

青蛙听了很受教益
决定从此提高忧患意识
每当感觉池水有些变温
都会急跳出去

乌龟告诫它
有时环境是需要忍耐的
不要过于性急
青蛙不屑说
你整天只会傻睡

从来不爱学习
怎能懂得生于忧患
死于安乐的道理
鱼儿也劝它说
到水里来吧
警惕并不等于过敏
青蛙挖苦它
你一定嫉妒我在外面呼吸
可怜你遇到危机
还装着无所畏惧

于是青蛙经常跳来跳去
片刻不能休息
它就得了个外号叫
青蛙跳蚤

有一日开始
天气异常干燥
池水被晒得很烫
青蛙紧张了许久不敢下水
即便饥渴难忍时
它也没忘翻一翻课堂笔记
小心啊，要多些警惕
莫要一时大意
而终生遗憾

这样，它越来越没有气力
直到奄奄一息还在想
如果这时跳进池水
我断不能爬得出去
那岂不给别人做了反面教育

于是青蛙强忍着
趴在岸边
渐渐变成一具
干硬的尸体

寓意：思维僵化，学习知识不懂变通，反而
有害。

犬与狼

有只犬在家中受宠
在外玩耍时结交一只孤狼
就将它领回
求主人收留
主人同意狼留下给犬做伴

它们相处很好
一起嬉闹
被称为兄弟俩

一天家里鸡少了一只
主人怀疑是狼吃了
就要揍狼
犬连忙怪自己嘴馋
主人训斥了它
叫它下不为例

可是第二天鸡又少了一只
主人怒不可遏
追问是谁做的
狼默不作声
犬只好认错
主人用鞭子狠狠抽打了它

见犬流着泪水舔舐伤口
狼小声自语，万幸啊，我没有承认自己所为

一天主人带它们出去打猎
发现一只兔子
兄弟俩努力去追
终于将兔子抓获
但狼急不可耐几口将猎物吞下

主人问猎物下落
狼说兔子跑得快早已逃脱
犬却惭愧地低下脑袋

一个晚上，狼又试图吃鸡
被犬发觉劝阻
兄弟俩打了起来
主人起来追问原由
犬还想遮掩

主人把犬拉到一边
举起棍子将狼打走
主人要犬反思：
情义只能给予有情有义者
一经为狼辈窃取，注定是一种悲剧

寓意： 不和不义之徒交朋友。

傻小猫

我的小猫
掏了鸟蛋
学我的样子
放坛子里腌

但它不懂做法
放少了盐
过些时日
捞出一只品尝
发觉味道已变

小猫不明就里
反倒有些庆幸
幸亏这只被及早发现
否则会产生污染

后来小猫每拿出一只
都会发现鸟蛋走味
它没有反思
反而向我炫耀聪明

我劝它
把坛子倒掉吧

你营造了一个坏的空间
善的因子在里面已经腐烂

小猫不信
将鸟蛋逐个敲开
果然都已变成臭蛋

寓意： 对事物要有全面的认识，环境的恶
化影响的不会只是一个个体，而是
全部。

山羊与野狗

山羊忠厚勤奋
它耕种庄稼，还经营一片草场
一只野狗落魄流浪
山羊见它可怜
让它留下

起初野狗还愿意看家护院
时间长了，就好吃懒做
它让山羊将窝铺得更柔软些
它让山羊把食物端至面前
但狗仍不耐烦，经常发火

山羊忍无可忍，要赶它走
它竟拽着山羊去虎那儿评理
野狗痛诉羊的冷酷
本来它想睡羊褥
却只能睡草窝
羊自己吃鲜美的青草
却让它吃难咽的窝头
有几次它想吃肉
山羊只给它弄了几个羊角
自己长那么多肥肉却不肯拿出分毫

山羊一时语塞
不知如何反驳

野狗诚恳地望着虎
眼里充满着期待

虎缓缓起身
示意野狗过去
野狗大喜
以为判它有理
虎一掌扫去
扇歪它的嘴巴

山羊受到惊吓，浑身哆嗦
虎安慰它：
纵然孽畜千般会说
我却有双会听的耳朵

寓意: 无赖是不懂感恩的，对待它不应仁
慈、妥协。无赖无论有多少歪理，在
正义者面前都会暴露原形，也逃不过
惩罚。

蛇与小鸟

一只鸟儿在笼子里衣食无忧
满足眼下的生活
它喜欢唱歌
歌声美丽动听
得到许多人的赞赏

一条蛇在阴暗处
盯了好久
它做梦都想吃到鸟儿
一天趁人疏忽悄悄靠近鸟笼
贪欲让它不顾笼子
只有狭窄的空隙
它钻了进去
就向鸟儿发动攻击
可怜的鸟儿发出惨叫

蛇一口将鸟儿吞下
它为这顿刺激而丰盛的大餐激动不已
正当它扬扬得意时
很快就遇到难题
它鼓起的肚子
让它难以逃离
它做了无数次挣扎

依然被卡在笼里
尽管不舍得肚子里的食物
但为了保命
它还是恨恨地将鸟儿吐出

一切似乎又恢复了平静
只是现在鸟笼里躺着一只死鸟
不再传出动听的歌声

寓意：贪婪会让自己失去理性，做损人不利
己的事，是大恶。

羊的旗号

一头瘦羊看好地产，想做个羊圈
请伙伴帮忙，大家找各种托词，很不情愿

瘦羊无奈，拜肥羊为师
肥羊给它支招，要它打个旗号
于是瘦羊到处宣传
说它在为羊们做一个安全的居所
当外敌来临，可以躲避灾祸

羊们果然改变态度
它们出钱出力，很快盖好羊圈
瘦羊见有利可图
一鼓作气，做羊圈无数

一天，肥羊放风说恶狼要来
羊们都向瘦羊求助
瘦羊将羊圈或租或卖，发了大财

羊们感谢瘦羊的保护
推举它做了头领

恶狼知晓此事
找瘦羊做个交易，它可以提供保护

但要拿肥羊作为奖励
瘦羊心中为难，于是想出个主意

它把肥羊偷偷交给恶狼
之后，痛哭流涕，为肥羊立碑
它说肥羊为了羊们的利益
甘愿牺牲自己
羊子羊孙们都要世代铭记

寓意：教人行骗，自己也会成为被害者。

养鼠的猫

有只流浪猫
被人收养
它很能干
受到主人器重

一天猫抓到一窝小鼠
陷入思考
眼看鼠越来越少
这种美味不好寻找
主人可以养家畜家禽
供家庭享用
我何不养些老鼠
也作为我的备用佳肴

于是它找个地洞
把鼠养在里面
拿自己的食物分给鼠吃

它殷勤照料
鼠很快长大
鼠又生鼠
猫感到颇有成效

但遇到的麻烦随之而来
养鼠的饲料日见紧张
猫整日奔波
有时迫不得已去偷些主人的粮食

起初主人还不在意
随着粮食越来越少
主人很是烦恼
经过仔细观察
原来是猫在偷盗
主人大怒
把猫痛打一顿
逐出家门

猫又重新过起流浪生活
它不明白，当初主人为何对它重用
也不明白，自己的价值所在

寓意： 有人对自己的价值认识不清，被重
　　　用、被抛弃都不明所以。

鹦鹉的本领

一只鹦鹉模拟声音，惟妙惟肖
有天晚上，家里进来小偷
鹦鹉发觉，学狗大叫
把小偷吓跑

鹦鹉认为自己本领强大
劝主人把家中的狗辞退
由它看家护院

过几天，小偷又来光顾
鹦鹉故伎重演
小偷觉得挺逗
就把鹦鹉连同鸟笼一起拎走

寓意：雕虫小技，难以堪当大任。

正直的犬

一只犬正直无私、敬业爱岗
凡事都要多管

一天母鸡下蛋，不停叫唤
像要报知主人
犬大为不满，对母鸡训斥：
下蛋本是你的职责，何必天天表现

公鸡半夜打鸣，像是炫耀歌声
犬急忙起身制止：
你半夜喊叫，就不怕惊醒主人好梦

猪很懒惰，主人把食送到跟前
它还哼哼不动，犬非常气愤：
不知好歹啊，你把自己当成了祖宗

一天猫刚吃了老鼠
就跑到主人怀里玩耍
犬嫌它嘴不卫生，骂道：
你不干不净，怎么还敢跟主人卖萌

这次，主人皱起眉头：

犬啊，我欣赏你的忠诚

但你为何总用自己的标准，欺压别人的自由

寓意：滥用权力，多管闲事，令人讨厌。

猪猴挖井比赛

神仙要安排猪与猴的待遇
就决定先测试它们的毅力与智慧
神仙说，你们各挖一口井
谁先挖出井水
谁就获得奖励

猪想，我总给世人笨拙的印象
这次是个机会
多多努力，为自己争得荣誉
它用嘴选取一块好地
拼命工作
速度飞快
但挖了好久，挖了好深
却没有水的踪迹
猪想，还是停止吧
神仙正在一旁观看
它一定笑我脑瓜太死
明知没水
还在这里坚持

于是猪将这个工地放弃
又物色一处新址
神仙在一旁摇头叹息

可悲的猪啊
你为什么这时放弃
哪怕你再有一分努力
下面就是充沛的河水
你将拥有巨大的成绩
但你却没有这份恒心
与希望失之交臂

但猪并没有听到神仙的叹息
它在新的工地更加卖力
它很快又将井挖了很深很深
却仍然没有水的踪迹
猪想，这次要坚持到底
相信下面一定有水
神仙会赞美我的坚强
称颂我的智慧
但神仙在一旁仍然摇头叹息
多么愚笨的猪啊
为什么不懂得放弃
再挖下去就是坚硬的岩石
你永远不能做出成绩

反观猴的工地
猴没有猪那么卖力
它显得浮躁
猴想，谁都知道我很聪慧

我才不会像猪那样尽出傻力
它找块地方草草挖了一会儿
看看没水，就大胆离开
神仙点首赞叹
猴子果然聪明无比
它放弃的地方
本来无水
再挖下去也是白费力气

猴又寻了一处
它想刚才轻易放弃
神仙会说我不够努力
这次要多坚持一会儿
让神仙对我满意
神仙果真点了点头
猴多么有毅力啊
它懂得坚持就是胜利
下面就是富足的地下水
啊，猴的成功就在眼前
猪还在那里愚蠢地浪费时间

最终猴赢了
神仙让它在树上吃仙果
让猪在树下吃垃圾

寓意：事业成功，除了拥有智慧，还要工
　　　作努力、执着。另外，运气也是一
　　　部分。

头羊的烦恼

一个羊群遭遇灾荒
头羊开会，作出决议
今后要压缩口粮，共渡难关

它以身作则，每顿只吃一点
羊们也都自觉，盼着苦日子快点过去

头羊的警卫暗中藏了口粮
经常偷偷送给头羊充饥
时隔不久，羊们都瘦骨嶙峋
却发现头羊肥硕如故
大家都觉得神奇
有羊忍不住请教：
头啊，您怎样保有身上的肉呢？
头羊说，我喝多了风
于是，几只羊也学着去喝风
结果喝坏了肚子

羊群议论纷纷

一天晚上，警卫又来送粮
头羊拒绝，警卫不解
头羊说，你虽然做得巧妙
可这身上的肉出卖了我

寓意：做事搞阴谋，虽然很隐蔽，但总有暴
　　　露的时候。

狗兄虎弟

狗被主人带去看马戏表演
见虎滚球骑马钻火圈
狗不禁赞叹，虎真有本领

虎听见，找个机会与狗攀谈
你是我见过最强壮的狗
你聪明勇敢，在主人面前也有尊严

狗摇摇尾巴，以示认同
狗说，主人待我亲如家人
对我有求必应，我就是主人的一切

虎大赞，你果然不同一般
一看就气质非凡，今生我若能做你小弟
也是前世造化
狗说，我也希望有你这个小弟
只怕你不服管
虎说，你看，我温顺得如同绵羊
一定是你最好的玩伴

狗满心欢喜，恳求主人把虎买卜
主人皱眉，你要小心，它的话不合常理
狗撒娇，我有这个玩伴，如同天天过年

主人答应，将虎买下
此后狗与虎一起玩耍
狗总是做虎的老大

虎听话、能干，主人喜欢上它
有几次带它遛弯，遇到威胁
都被虎轻松化解

狗见主人对虎的爱越来越多
心中不满，它警告虎
别忘了，是我给了你自由
但虎对它渐渐冷淡
一起玩耍时，也不再甘居狗下
狗很愤怒，想去咬虎
被虎一掌拍晕

虎晃晃它的脑袋
你自己评评，让虎天天做狗的小弟
这世间岂有此理

寓意： 弱者与强者的实力差距较大，想长久
驾驭强者是很难的。

鼠的心事

鼠做审计，发现鸡偷吃粮食
它气愤地告诉主人：
老板，您一定要惩罚鸡，它凭什么偷吃东西
主人敷衍说，好吧，我会告诉它下不为例

鼠捶胸顿足：
老板，你可不能惯它毛病，让它养成恶习
主人点点头，我会让它改过自新

鼠不罢休：
老板，鸡生几个蛋没啥了不起，偷窃会引起
猜疑
主人说，放心，我不会怀疑你

鼠仍恨恨不已：
老板，你最好宰了鸡，否则天下大乱
主人沉默不语

鼠这时已气得不行，站立不稳
主人安慰它，要它保重身体
鼠眼泪汪汪：
老板啊，我此生最见不得偷窃之贼

主人感动，拍拍它：
你正直，忠诚，应该得到重用
鼠这才消气，抹去眼泪：
老板放心，鸡哪怕一天下一筐鸡蛋
我也不能让它损害您的一丝利益

说罢，转过身，美滋滋地离去

寓意： 在领导面前，表现过头的人，一定有
　　　自己的私心。

扫把的错

有只小狗不爱听话
主人便拿扫把训它
小狗埋怨扫把，经常对它狂吠不止

一次，小狗乖巧起来，与主人亲密无比
主人问，小狗啊，你怪不怪我训你呢
小狗说，主人啊，我一点都不怪你
都是扫把干的坏事

可是，当小狗不乖时，依然会受到惩罚
小狗盯着扫把愤怒万分：
该死的扫把，你总欺负我
于是，趁主人不在，将扫把撕得粉碎

寓意：没有辨别能力的人，总会错怪对象。

花狗

花狗见狼受人们崇拜
兴奋地模仿起来
它学狼嚎
又练习狼的神态
但它并没有受到过多关注
大家只是觉得它有点奇怪

花狗看效果不佳
向成功人士请教
它受到指点：
你的尾巴上翘
哪有狼的味道

它恍然大悟，去诊所整形
费了许多周折
卷起的尾巴终被拉直
尾下还绑了根铁棍，以保持下垂

花狗兴高采烈
想跟同伴炫耀
却被讥讽：
你可真有派头啊

它得意洋洋：
你们看我的威力吧

它四处跑动
不时停下，嚎一声
又似机警而孤独地寻找什么
其他狗群见它一副流窜的样子
包围过来

狗们打架有个规矩
谁夹起尾巴，谁就认输
它们扫一眼花狗的尾巴
就放心欺负起来

花狗满身是伤，大败而归
更晦气的是，有时两只狗相遇
本来花狗可以占据上风
但它下垂的尾巴，总给对方勇气

花狗吃了无数苦头，也不知所以
它发自内心地嚎叫一声
这时真的有点像狼
是那种伤心的哀嚎

寓意：拙劣的模仿者，不仅不可能使自己强
大，还会失去自己的特性。

家畜的理想

神仙大赦生灵
家畜获得自由
它们共约奔赴净土
过上美好的生活

它们推举马作为头领
带着大伙寻找乐园
马扬起四蹄
很快找到风水宝地

它们共同生活一段时间
马越来越不满意
它不习惯大家无所事事，经常打斗
就吩咐牛去犁田
驴去推磨
狗做监工
它要猪羊好好生崽
卖掉购买饲料

马安排完毕
整日里潇洒、快活
牛怨恨让自己劳作
找个时机将马撞伤

牛取代马的位置
它让马去犁田
其余都如马那样安排

狗不满意自己的角色
找个时机将牛咬伤
自己做了头领
它让牛马都去犁田
自己以王者自居
一次去检查驴的工作
因要求苛刻，被驴踢伤

驴宣布自己解放
它也想统御大家
但大伙已作鸟兽散

它们纷纷找神仙诉苦
询问怎样才能过上美好生活
神仙摇头：
你们互不相容，各揣私欲
你们既有地狱一般的心灵
为何还做天堂般的美梦

寓意：一个团队如果人人只为自己考虑，将难以创造出美好的未来。

燕雀的友谊

燕子和麻雀生在同一屋檐下
两小无猜，彼此友爱
它们有时在天上飞翔嬉戏
有时一块寻虫儿充饥
它们庆幸有这份相知
在生命中，留下美好的回忆

时间如白马过隙
天气渐凉，燕子准备南归
麻雀恋恋不舍
麻雀说，此时分别，如生死相隔
只怕今生不再相遇
燕子也恋恋不舍
可是，若不分离，如何生存呢

麻雀说，这里四季不缺衣食
我们祖辈就生活在这里
我可以勤奋努力，与你生死相依
燕子犹豫一下，点头同意
妈妈劝它要面对现实
不然后悔莫及
燕子态度坚决
没有随妈妈离去

燕子的同伴都已南飞
它与麻雀待在一起
过一种新的生活

天上已没有飞虫
燕子经常飞上一天，一无所获
树上的虫子也已精光
麻雀找上半天，空手而回

麻雀终于找到几粒粮食
燕子却难以下咽
麻雀犯愁，不禁感叹：
我辛苦为你奔波
你却挑三拣四
你太过娇贵
这么精美的食物怎能舍弃

燕子也委屈：
我这吃飞虫的肠胃
如何吞得下坚硬的谷粒
我不该受到你的蛊惑
留在这里受罪

它们互相埋怨
面对愈加激烈的风寒
不知如何坚持

寓意：不明智的选择，不仅不能使友谊长
久，反而使友谊毁灭。

不专心的猴子

小猴子外出打工，被安排摘果子
但它不能专心，总是东张西望

它见猪掰玉米棒，十分笨拙
就凑上前：
嗨，你笨手笨脚
让我帮帮你吧
它手脚麻利，不一会儿将棒子掰了一堆
猪连连夸奖

猴子很快乐，见牛在耕田
就上前帮牛播撒种子
牛怕耽误它的时间，问它的活做好没有
猴子热心地回答，没关系，先帮你
猴子又获得一次赞扬

猴子想起自己的活还未完成
刚爬到树上，看见猫在捉鼠
它觉得有趣，又下树做猫的帮手

时间过得很快，老板要来验收工作
猴子这下着慌，它请猪帮忙
猪推托说还没完工

它请牛帮忙，牛正歇息，说自己马上要交还
农具

它请猫帮忙，猫说急需去主人那里领赏

结果猴子的任务没有完成

它遭到老板痛斥，并被解聘工作

猴子很委屈：

老板啊，我可是帮别人做了好事

老板回答：

大家各有本分，你还是先做好自己吧

寓意： 不努力做好本职工作，任何借口都是
不应该的。

好斗的公羊

公羊身体强壮，性情温和
自从学了狼学，就想处处逞强

它看见骄傲的公鸡，一头撞去
公鸡大叫逃离，公羊十分得意

它看见小孩顽皮，一头撞去
小孩万分恐惧，大人来帮小孩
它又高高扬起前蹄

人们觉得好玩，便找它嬉戏
公羊以为这是挑战，奋力搏击

人们总是被它追赶，四处躲避
公羊愈发好斗，以为无人能比

一次狗正在围观，公羊嫌它挡路
一头撞去，狗赶紧闪到一边

公羊哈哈大笑，你平时耀武扬威
却在人前低三下四，真让我看不起你

狗碍于主人情面，没有生气

这样，公羊愈加信奉狼道，讥笑人类好欺
它走起路来趾高气扬，以王者自居

一天它又与狗相遇，见狗不肯让路
公羊大怒，下贱的东西
我要撞碎你的脑壳，看你懂不懂得礼仪

狗见四处无人，猛然咬住它的脖颈
公羊顿时窒息，四肢无力
它想喊救命，只听狗愤愤发声：
你这个蠢货，不过是个玩物，
怎么可以当真做个强人

寓意： 玩物一旦当真把自己看作厉害的角
色，悲剧就来了。

角色转换

母鸡久不下蛋，心中焦虑
怕时间长了，遭主人抛弃
它见同伴下蛋报喜，也咯咯大叫滥竽充数
但主人很快识破骗局，对它严厉警告

母鸡走卧不宁，一次公鸡打鸣
它也学着叫一嗓子，缓解压力
结果其他母鸡瞪大眼睛
不相信嘹亮的歌声发自它的喉咙

母鸡受到鼓励，没事就打起鸣来
清晨与公鸡比赛，竟也毫不逊色

主人注意到母鸡的绝技，感到惊奇
经常让它给客人表演，客人纷纷点赞
有人推荐它去舞台参赛，居然获得优异成绩
于是有唱片公司找它签约

母鸡的成功带动同伴
它们不去努力下蛋，都争着打鸣
它们拼命嚎叫，似要嚎出一个血色黎明
公鸡傻傻地望着母鸡
它扬起脖子，想高歌一曲

但它的鸣叫完全被淹没

主人看看公鸡无用，就把它卖了

寓意：在不正当的竞争环境里，什么奇怪的
事都可能发生。

猪指导

猪汇报工作出色，被主人任命为主管
猪爱作指导，上班伊始
见羊吃草，就示范给羊看
它啃着啃着用嘴撅起泥土
猪说，看见没，草根更香甜
羊含媚一笑，您真是富有才华啊

猪见兔子打洞，就过去指导
它很快用嘴撅起一个坑
猪说，看见没，嘴巴要努力
兔高声颂扬，多么伟大的拱嘴啊

狗练习嗅觉，请教猪
您嗅觉最灵敏，能否给些窍门
猪受到尊敬，高兴地指出狗的错误
你的呼吸太细，要粗点，把物体的气味逼出
你看，呼——
呛起一片尘土
狗哈哈叹息，多么强大的底气啊

猪下池塘洗澡，见鱼儿嬉戏
想教鱼儿如何游泳
它往前一扑，鱼儿吓得四处逃散

有鸟儿路过，猪又对鸟儿指手画脚
鸟儿疑惑地问，您自己会飞吗
猪哼哼说，会的，我曾经是会飞的猪

一天晚上，听见鸡在练习打鸣
它忍不住上前说，让我教教你吧
只见它运足气，突然大嚎起来
整个村庄瞬间惊翻，主人吓得掉下床去
待了解原由，主人揪起猪的耳朵骂道：
你真是愚蠢而又自负啊

寓意：有的人好为人师，不懂装懂，真是愚
蠢可笑啊。

回报

鼠拉牛一起合作
鼠真情地说：牛啊
我知道你厚道、卖力
请放心，我一定给你最好的待遇

牛见鼠愿意厚待自己
心里感激，它辛勤耕耘
土地终获丰收
鼠和牛都欢喜万分

鼠根据承诺
狠了狠心
大方地给牛一盆果实
牛大惊失色
红着脸：鼠啊
我真错看了你
你那么大的口气
却如此吝啬

鼠很激动：
牛啊，你真贪心
我这么真诚待你
你却骂我小气

你去访访，我从未给别人
如此多的回报

牛愤然说：
你这点回报
我一口就能吃掉

鼠怒不可遏：
你说得轻巧
那几乎是我一年的口粮啊

它们争执不下
分道扬镳

寓意： 与气量小的人合作，不要指望有多大
收获，因为他们多付出一点点，都觉
得是天大的事。

虫与叶子

青虫在枝上玩耍
有只鸟儿看见
要上前啄它
虫儿吓得藏在一片叶子后面
躲过了一场劫难
虫儿感谢叶子
有机会定要向它报答

虫儿渐渐长大
成了蛹
最后变成美丽的蝶
它在阳光下纵情飞舞
游遍了小溪与树林

它没有忘记叶子的救命之恩
就诚恳地对叶子说
可惜啊
你终生都在树枝上守着
白白耗费了青春
跟我飞吧
我教你飞翔的技艺
让我们拥有自由
做真正的自己

一起体味世界的神奇

叶子动心了
它向往那种自由无拘的生活
可它的梗与枝相连
无法动弹
叶子请蝶儿帮它咬断
蝶儿费了很大的劲
叶子终于与枝分离
但它没能跟随蝶儿飞舞
摇摇晃晃
摔在了地上
一阵风过
将它吹得跌跌撞撞
又一阵风雨
将它打得遍体鳞伤

叶子遥望着高高的故乡
恍然梦醒
自由有时也是一种飘零

寓意: 认清事物的实质，才不会好心办坏
事。对于别人的报答，要分清哪些是
有益的，哪些是有害的，否则得到的
不是福报，而是伤害。

委屈奖

动物界评选委屈奖
评委一致推荐猫头鹰
它本领高强
却甘愿在夜间出行
它不是恐惧谁
是担心在白天影响人们的心情

公示后，鼠提出异议
它说，是它决定了猫头鹰的品性
因为猫头鹰喜爱吃鼠
鼠到哪里，它都紧紧跟随
鼠没有只顾自己的安危
而是想到该鹰长相丑恶
令人生畏
于是，它毅然将猫头鹰引诱到夜晚
避免人们与它相见

本来鼠热爱光明
希望在阳光下做梦
可现在却被大家认为胆小怕事
只能借着夜色偷生

评委分析鼠说得有理

就把委屈奖颁给鼠类

鼠把奖悬在树上
在洞口大声吆喝：
看到没？谁还骂咱鼠辈
咱委屈了自己
让人间更美

寓意：心灵阴暗的人，总想用美好的东西来
掩盖自己。

豪猪

狮子遇到豪猪
肉没吃成
嘴却被扎破

狮子让信使给豪猪带话
它想和豪猪交个朋友

信使说：
豪猪啊，你好有福气
让狮子看上的朋友，可是不多

豪猪疑惑：
狮子高大威猛，而我如此弱小
我们有什么交集呢

信使说：
你们都是强者啊
无人敢去招惹

豪猪摇摇头：
它一定有什么条件吧

信使竖起大拇指：

你真聪明，伟大的友谊总要付出代价
你身上的刺多，不好接触
你应把它全部拔除

豪猪哈哈大笑：
是啊，我渴望狮子的友谊
可是它的牙齿令我恐惧
它能否先把犬齿拔掉
我想这友谊才能真正甜蜜

信使很失望：
看来你要失去友谊

豪猪不屑：
把友谊交给天敌
才是神经出了问题

寓意： 讨好敌人就是对自己的伤害，善于识
破敌人的阴谋，对于弱小者而言，更
能很好地保护自己。

诱饵

鱼儿多次被饵料诱骗
多亏它机警
否则早被钓上岸
做了盘中餐

鱼儿痛恨骗子
常给同伴讲授防骗的经验
一只青蛙被人雇用搞传销
它找到鱼儿，请教生存之道
鱼儿说：
做事要守本分
不要想巧
水上落下的馅饼一定是诱饵
青蛙连连点赞：
想巧就有当上
我会牢记教导

青蛙与鱼儿谈得投机，成了朋友
鱼儿关心它的生活
青蛙说：
水里的生活真是可怜
一点食物都要抢夺
哪像我们岸上

遍地美食享用不完

鱼儿不信
青蛙带它游到岸边
青蛙跳上去抓住一条虫子
给鱼儿看：
怎么样？找吃的就这么简单

它将虫子塞进鱼嘴
鱼儿兴奋起来：
耳听为虚，眼见为实
这是多么美好的世界

它决定先到岸上吃饱再说
于是，它随青蛙纵情一跃
尚未翻身，被一双手摁住

寓意：欺骗者的手段花样翻新，难以防备，
对于别人轻易施舍的好处，要多加
小心。

成功经验

鸡每天下蛋
被主人评为劳模
主人要它介绍经验
鸡说它发现一块田地虫子很多
每天清早就赶去觅食
一刻也不停闲
主人号召家禽向它学习，努力下蛋

于是，每天清晨
鸡、鸭、鹅们都跑到那片田间寻找虫儿
鹅不吃虫，只在那儿发呆

过段时间，虫子吃完
每天大家空着肚子往返
鸡的经验成为笑谈

不久鸭成为劳模
它发现一个池塘有许多鱼虾
于是，每天清晨
鸡、鸭、鹅们都赶往池塘
鸡无法下水，在岸上观看
鹅在水里折腾半天
抓条鱼儿，难以下咽

过段时间，鱼虾吃光
池塘经验也成为笑谈
不久鹅成为劳模
它发现一片青嫩的草地

但这次鸡没有同往
它早已饿得不能动弹
鸭吃了几口也兴趣索然

主人见他的措施毫无成效、损失严重
就把鸡骂了一顿
随它们自由发展

渐渐地，他惊喜地发现
收获又恢复到从前

寓意：一个人的成功经验，对于别人未必适用。

羊与猪圈

羊自视清高
生活在梦中
它的圈里有个破洞
却懒得补救

一天听说狼来
它吓得跑到猪圈里躲避
闻着臭烘烘的味道
它不禁挖苦：
你真肮脏得要死
要不是危险
谁会来这里遭罪

猪哈哈一笑：
脏与不脏
我自己舒坦
你来这里避祸
怎么还要埋怨

羊生气：
我们的生活不在一个层次
过了这个坎
不想再和你相见

猪哼哼一声：
我对你同病相怜
你却嫌我低等下贱

说罢要赶羊走
羊连忙道歉
并发誓，若有出头之日
定会答谢

猪晃晃脑袋：
你有求于我
尚口出恶言
岂敢渴求你的答谢
只希望平等相待

风声过去
羊告辞
猪望着它的背影自语：
我们本是相同的命运
你又何必充大，轻视别人

寓意：自负的人其实浅薄，到哪儿都不受
欢迎。

枯树

一棵枯树在果树林里混日子
它见四邻都开花结果
忍不住伸手去摘
挂在自己枝上

邻居愤怒
一个说：你公然偷窃
还拿赃物显摆，实在胆大妄为
一个说：你作假也要讲点逻辑
你干枯的枝上，怎能结出果实
但枯树毫不理睬
像个老赖

适逢游客参观
发现枯树光秃的身上果实累累
感到它很滑稽
游客围绕它起哄、拍照
还到处发帖，当成超级笑料

枯树不以为然，神情自若
它甚至觉得自己挺有魅力
参观的人络绎不绝
主人也闻讯赶来，手拿斧锯

枯树大惊，乞求主人原谅
不料主人夸奖说：
我早觉得你不像平庸之辈
果真有所作为
现在你已是明星
我要为你清理环境

说完，他将枯树身边的绿枝统统除去
又殷勤地为它浇水施肥

旁边的树齐声抗议：
你怎能支持一个赖皮
你这样对待我们，下季它就会现出原形

主人忙制止：
闭嘴，我不管有什么猫腻
现在我只需要效益

枯树得意大笑，几个果实随声落地

寓意: 不劳而获的人，混得开，受到重用，
是因为受到姑息、纵容，结果一定会
挫伤辛勤工作者的积极性。

运动会

动物园为增加人与动物感情
组织动物观看人类运动会
看到人类游泳
大家齐摇脑袋：
人类不行，比鱼儿差得太远

看到双杠比赛
大家齐摇脑袋：
人类不行，比猴子差得太远

看到拳击比赛
大家齐摇脑袋：
人类不行，比狗熊差得太远

看到跨栏比赛
大家忍不住起哄：
人类这是什么水平，比袋鼠比羚羊差得太远

动物对人类不停地否定、讥笑
似乎从中寻到快感
园长为捍卫人类尊严
邀请动物参赛

他请鱼儿到岸上来长跑

鱼儿吓得立刻退缩

他请袋鼠比赛双杠

袋鼠怎么努力也无法把自己拉起

他给猴子戴上手套，要它比赛拳击

猴子双手一摆，立马放弃

他请狗熊跨栏

狗熊连摔几个跟头，非常生气

其他动物，纷纷弃赛

园长问大家参赛感受

大家齐声回答：

人类强大

寓意：人类在某一方面能力可能不如动物，
但人的智慧总是远超它们。

娱乐至死

一群老鼠无聊透顶
玩猫抓老鼠的游戏
一只鼠扮猫，其他鼠躲藏
它们哄闹折腾，像炸了天

玩腻了，它们找到真猫玩耍
猫憨态可掬，爽快答应
这次，猫扮老鼠，老鼠抓猫
它们在主人家里上蹿下跳，乐此不疲

它们玩得尽兴，猫打开酒
庆祝友谊，一杯接一杯
猫与鼠都喝得大醉

主人回家，吓一大跳
他抱起猫，心肝宝贝似的放在床上
然后恶心地把老鼠扫进垃圾袋
埋到土里

寓意：在危险的境地中寻欢作乐，是要付出
代价的。

鼠的管理

主人嫌鸡鸭生蛋太少
认为狗放任自流，管理不善
正在烦恼
鼠毛遂自荐：
放心吧，主人
我的管理，让您耳目一新

于是，主人把狗的职务撤掉
任命鼠做管工
鼠取得信任，感激万分
它召集猫狗鸡鸭做思想工作
要它们提高认识，升华境界
大家虽然不屑，却只得服从

鼠让狗驱逐鸡鸭到处觅食
让猫时刻监督窝棚
鸡鸭必须每天完成下蛋指标
否则就要吊打挨饿

鼠对下蛋模范嘘寒问暖
有时看见它们没有吃饱
就奉献自己的口粮出来

鼠的作为令主人赞叹
鼠曾经那样遭到嫌弃
没想到会有这般魄力

鸡鸭产蛋越来越多
但过度透支了身体
主人只为丰收欢喜
没有思量隐藏的危机

鼠捐了自己的口粮
开始打起鸡蛋的主意
它找个理由把猫支开
从而达到自己的目的

猫发现鼠的问题
向主人举报
鼠闻讯潜逃
主人痛恨之余又倍感可惜

主人没有更多选择
恢复狗的职务
希望它不仅忠诚，还要有鼠的能耐
狗被迫采用鼠那一套
但鸡鸭的身体已经崩溃

狗找到主人说情

希望他能怜爱生命
主人勃然大怒：
它们卑贱的生命毫不足惜
在我这里没有人道主义

主人望着日渐减少的蛋量
痛斥狗的无能
他不禁想起鼠的好处
打听它的下落
得悉它又重操旧业
做了盗贼

寓意：奸诈的人会不择手段，讨上司欢心，
而糊涂的上司也喜欢这种下属。

蛇大王

蛇续家谱，找专家论证
它的祖上是龙
蛇很自豪
适逢动物界改选领导
经过运作，蛇被推做头领

蛇自视甚高，不爱交往
青蛙提出建议：
你要树立威风
凡是不敬你的
都要受惩

鼠更积极：
你看你的祖先
被供奉庙堂，多有威力
你也应当那样
让谁见到你都不敢大声喘息

此话正合蛇意
它热血膨胀
决定巡视一番，看众生如何对待自己

狗见了它，没有及时摇尾

被责令剪去尾巴
猪眼神不好，见蛇没有行礼
被割去耳朵
公鸡见到它，没有大唱赞歌
被拔去羽毛
甚至有植物拦路，也被当场放倒
蛇所到之处，哀声一片

经过一番惩治，大家时时小心
生怕灾难突然降临
象大着胆劝谏：
你无须残暴
让大家爱你岂不更妙
蛇暴跳如雷：
你敢多言
把你象牙拿掉

这样，谁也不敢多嘴
大家都颂扬蛇有祖上的威力
开始为它树碑立传，建立寺庙

蛇得意非凡，在自己的庙里左游右荡
一帮打手前呼后拥，仿佛拥立新皇

一天，蛇正欢饮
龙忽然现身

蛇受惊，慌得不知所措
龙破口大骂：
我焉有你这等子孙
我为世间布施，操碎了心
你无尺寸之功
却来欺世盗名
你以为施加暴虐
就能获得敬重

鼠忙打圆场：
蛇正努力，向您老学习
龙"呸"一声：
你这个鼠辈，蛇鼠一窝，没有好东西
你为讨得主子欢心，尽出坏主意

蛇目瞪口呆，胆战心惊
龙喷出一股怒火，将庙焚毁
蛇及随从慌忙钻进地洞

龙余怒未消：
你若是个好种，我面子有光
你是个恶棍，谁做你祖宗

寓意： 恶人无论怎样包装、得势，总有遭报
应的一天。

主人与台扇

一只台扇聪明勤快
主人对它很是喜爱
台扇向主人学习
对人的行为有所了解
人对事物满意时往往点头
反之，就会摇起脑袋

风扇反思，我生活惬意
为什么总是否定自己
于是台扇工作时开始频频点头
向主人表达自己生活知足快乐无比

主人奇怪，让它停下，给它矫正
可是台扇误解了主人
以为是安慰它
就更加拼命点头
主人生气，狠狠拍它几下

台扇委屈：
不，本来我心情很好
现在变得糟糕
于是它摇起了脑袋
这时，主人满意地点点头

寓意：对事物的理解不同，亲密的友谊也会
产生误会。

东郭先生与狗

东郭先生骑着毛驴游学归来
在村口遇到一只流浪狗求救
它因偷吃东西被人追打

东郭先生有些犹豫
驴子警告他：
你救狼的故事世人皆知
请你别再多管闲事

狗继续哀求，愿意痛改前非
东郭先生动了恻隐之心
就将狗藏进袋子
让它躲过一劫

狗被放出来
向东郭先生作揖
就抄着小路逃离

不久东郭先生发现那只狗
来为他看家护院
辛勤工作，毫无怨言

东郭先生感叹：

我的善念并非过错
只是用错了对象
才会酿成灾祸

寓意： 做善事没错，分清对象才行。

神仙与工作狂

一名工作狂向神仙抱怨
他需要更多的工作时间
能否不要吃饭、睡觉、陪人聊天

神仙满足他的要求
让他不知疲倦、不知饥饿、没有任何消遣
不久他的工作效率低下、创意全无

他向神仙询问缘由
神仙带他去看一片农田
只见青青禾苗一行行一垄垄
一看就是好收成

神仙说，你再看看那边
那片田地庄稼密密麻麻，不见一丝空隙
秸秆瘦弱，穗头几乎没有颗粒
工作狂不知何故
神仙说，你需懂得
禾苗间离不开可贵的距离

寓意：做事要有尺度，不要追求极端，否则
很难有好的成效。

兄弟俩与种子

一对贫困的兄弟
从父亲那儿继承一批粮种

哥哥把种子播进田地
之后，到处乞讨

弟弟忍受不了饥饿，就拿种子充饥
哥哥劝他种田
弟弟反驳：
你把吃的扔给田地
却整天饿着肚皮
我才不做那种傻事

到了收获季节，哥哥收割庄稼
吃上新粮
弟弟此时吃完粮种
开始外出乞讨

哥哥留下口粮，又将种子播进田地
从此解决温饱
弟弟乞讨回来
又出去继续乞讨

寓意： 有远见的人总是设法克服困难，创造未来，贪图眼前享乐的人是不会有出息的。

合作伙伴

一只母鸡与鼠交好
它告诉鼠，家里藏粮的地点
鼠偷粮喂鸡
鸡殷勤下蛋
很讨主人喜欢

狗发觉它们狼狈为奸
心中愤怒，它警告鸡下不为例
甚至几次咬鸡，但被主人斥责

一天，鸡不幸丢失
主人吃不着鸡蛋，茶饭不思

狗替主人着急，找到鼠：
鼠啊，求你帮忙，去邻居家偷蛋
今后咱们就是合作伙伴
鼠痛快答应

主人见狗献上蛋来，笑逐颜开
于是狗帮助鼠获得粮食
鼠偷取鸡蛋献狗

寓意：为了利益，原本敌对的人也可以走到
一块。

一条河流

一条河中途受到污染
至末端已是臭气熏天
人们怀念往昔
感恩它带来生命的保障和生存的快乐

有人建议往河里注入清水
稀释后的河流不再有臭味
可是去哪寻找那么多的清水

有人建议往水里放清洁剂
但是算算成本负担不起

有人提议关闭排污厂
很快遭到反对
世上那么多厂都没影响河流生机
为什么单单这条河出了问题

人们反思、追问，终于有人恍然大悟：
这条河本身就是污浊的
它的存在就是病因

于是人们痛下决心：
埋掉它污浊的部分

不，有人追加提议：
为能治理根本
应该埋掉它整个源头

寓意：对问题的认识偏颇，解决的方式、方
法也容易简单、粗暴。

船的遭遇

一只船儿
在河道里快乐地生活
河底的石头、木头
对它非常亲热
它们甚至渴望创造机会
大家可以一起欢聚

机会真的来了
一年大旱,河道干涸
鱼儿早已逃离
船儿却没有担忧
它想终于可以看看朋友

哪知刚打照面
它便被石头顶到一边
喂,平日里我无出头之日
这个时候还要遮住我的光线
一旁的木头也禁不住嘲笑
喂,平日里我把你想象得太高太高
一见面才知咱们都是一路材料
你凭什么可以风光无限
而我却在污泥里烂掉

于是船儿被挤对得伤痕累累
心灵更是备受煎熬
好在不久天降甘霖
河道里的水渐渐蓄满
船儿终于可以脱逃

石头忽然懊悔
嗨，亲爱的兄弟
我还有很多话要和你唠叨
木头也说
嗨，我们是本家
有机会我们一定能成为知己

船儿默默离开了
没有怨恨也没有讽刺
它找鱼儿诉说困惑
鱼儿告诉它
如果你不想看见世间的狰狞
就让你的水永远丰盈吧

寓意: 患难见真情，遇到挫折时，更容易看
到事物的真相。如果不愿受到别人轻
视，就要努力让自己永远强大。

火苗与水缸

谁都不想跳进陷阱
但谁又分得清诱惑呢
一只小火苗在雷雨之后奄奄一息
一个好心人在野外将它救回
把它交给油灯
油灯不大，也不富足
却很温馨
而火苗也感到快乐
带给周围一片光明

水缸在一旁深感嫉妒
它不满意自己被人冷落
便向小火苗感叹
多么寒酸啊，就那一点点光焰
却还感到自满
跟一个破油灯能有什么前程

小火苗被骂得满脸羞红
它向水缸致意
请教怎样才有出息
到我这里来吧，水缸说
你看我有庞大的身躯
油灯哪里能够相比
跟我一起

我会让你燃起熊熊大火
照亮夜空，出人头地

小火苗疑惑地问水缸是否有油
水缸大叫
油灯真是害了你的眼光
你看我这一缸都是油水

油灯告诫火苗不要受到欺骗
但小火苗已被说动
没有听劝
它舍弃油灯跳进了水缸
瞬间就消失了

寓意：面对诱惑要好好想一想，一不小心就
上了大当。

垃圾与黄金

垃圾与黄金做了邻居
黄金郁闷
自己高贵的身份不应与垃圾为邻
垃圾不以为意
告诉黄金让现实决定自己的价值

附近有只母鸡，喜欢来此做客
它对着黄金啄几下，毫无兴趣
便一头钻进垃圾里
抓呀挠呀，快乐无比

垃圾让母鸡每天下蛋
母鸡每天都来跟垃圾报喜
时间长了，人们看到
母鸡的身影总在垃圾里淘食
在黄金上拉屎

寓意: 英雄没有用武的地方，他就失去了价值，在平庸的场所只能沉沦。

脸盆与臭水沟

有个脸盆很好相处，它有一盆清水
谁有需要，都肯帮助

臭水沟听到传闻，找到脸盆
希望脸盆把清水借它，洗去污水

脸盆为难：
你有一沟污水，只怕我杯水车薪
水沟鼓励说：
一盆清水也会有所作为
至少可以稀释一些臭味

见脸盆犹豫，水沟拍胸说：
相信吧，如果你肯带头
就会有无数脸盆赶来，将污水冲走

脸盆转念一想，寻个小坑
将清水存放。它走到沟边
舀起污水向外泼去
水沟大叫：
你干吗损害我的财产
脸盆没有搭理，累得满身大汗

水沟飞快见底，脸盆喘口气
到小坑边洗刷完毕，抱起清水回家

水沟挖苦：
你居然不肯给我一滴水
真是个小气鬼

脸盆回答：
我不能因为帮一个臭水沟
把自己害得一无所有

寓意： 为别人提供帮助，懂得量力而行，对
于不合理的要求，要学会拒绝。

龙的事业

龙给大地布施雨水
直叹辛苦
时常向大地索取补贴
大地则说那是龙的本职工作
能拖就拖

有年干旱严重
龙累到咯血
也难缓解灾情

虹给它出个主意
你应声明舍弃个人利益
把乌云召来
共同拯救苍生

龙听了虹的意见
免去大地一切欠款
它向乌云发出倡议
让我们一起做一次伟大的公益
于是乌云从四方受感召而来

暴雨倾盆，雷声轰鸣
世间彻底解除了灾情

人们感念龙的恩德
为它修祠建庙

从此龙有花不完的钱
喝不完的酒
贡品多如牛毛

寓意： 做事格局要大，能为大众服务，得到
的回报就大。

墙头树

一棵小树在院子里生长
它天生倔强又有理想
对眼前的生存状况感到委屈
每当看见墙外高大的树木
就有超越它们的愿望
它暗下决心
一定找到可以发挥潜力的地方

院里有只小猫活泼可爱
喜欢逮鼠、玩耍
时间长了，小树和猫混得很熟
一天小树和猫商量
它说自己要长成参天大树
但在院子里起点太低影响它的成长
它想爬到墙头之上
那里有高高的平台
一定能够超过所有的树木
成为它们的榜样
如果猫能够帮助它实现愿望
它一定结出很多小果
作为猫的口粮

猫听了承诺，赞美小树的理想

就把小树挖出放在墙头
给它浇水培土
小树站在墙上仿佛来到天堂
它感慨高起点就是不一样
这里的视野和阳光无与伦比
它不禁得意扬扬高声欢唱

小树在新环境果然努力
它长得飞快气势不同凡响
但它的麻烦也不断袭来
它经常感到头晕
哎，怎么啦，我怎么会头重脚轻
多亏小猫赶来帮忙
小猫发现它的脚露在外面
就用绳子给它捆绑
小树虽然头晕减轻
还是有心慌的症状

小猫为小树的成长付出很多心血
它催促小树赶快结果让它品尝品尝
小树总推托等一等不会再用多少时光
小猫只好边等边抬头张望
等了好久，小树终于挤出一个果子
小猫急不可耐抓来品尝
它品了品没有一丝肉味
便大叫上当

小猫的热情急剧下降

有时小树饥渴难忍

再三请小猫帮忙

小猫总是懒洋洋的，不肯买账

小树这才感到处在一个危险的地方

有几次乱了方寸失去主张

但它总是挺了过来

用忍耐力让自己变得坚强

后来，小树越来越虚弱

瘦高的身躯甚至禁不起柔风几缕

一个月黑风高之夜

小树头晕昏迷

一头栽下墙去

寓意：追求功利，不切合实际的人，会以失
败告终。

热情的火苗

小火苗性情活泼，乐于助人
一个冬天，它见柴草冻得僵硬
就过去拥抱
柴草瞬间燃烧
幸亏一个旅人扑救
不然定会发生大火

小火苗感谢旅人
跳到他的手上
为他暖手
却把旅人灼伤
小火苗有些沮丧
但听见风在呜咽
又跑去安慰
不料风力很大
险些将它吹灭

小火苗不愿改变自己
它见一块冰躺在那儿可怜
忙过去给予温暖
它想让冰重新成为水的样子
冰块融出水来
咬伤了火苗

小火苗情绪消沉
不明白做好事，为何受到伤害
这时旅人找到它，希望得到它的帮助
火苗疑惑地点点头
旅人支起锅
底下放柴
锅里放冰
"小火苗，就差你了！"柴草大声喊
小火苗靠近柴草
风也跑来助阵
冰在锅里融化了

旅人喝到了热水
向火苗致谢
小火苗眼含泪花：
"也谢谢您，让我忽然间明白了许多。"

寓意: 帮助别人要注意方式方法，否则会给
别人和自己造成伤害。

软柿子

一只软柿子受到蛊惑
以为柔软会被耻笑
它痛定思痛
向一支冰棍请教
同是柔弱的一族
水为何可以修成坚硬的性格
冰棍向它支招
让它在冰箱里冰冻一宿

第二天走出冰箱
柿子果然变了
坚硬得像块石头
它难以置信
在瓜果们面前炫耀
看哪，我也成了强者

它到处较劲
谁不服气，就敲打谁
有人爱看热闹，起哄叫好

但没人真正喜欢它
它在同类评比中名落孙山
甚至免费，都无人肯要

柿子深感委屈，质疑评委
评委问它，柔软恰是你的美德
为何背离本性呢

柿子回答不出
不久，它看见冰棍可以回归为水
而它却变成一堆烂泥

寓意： 万物自有它存在的道理，不要轻易否
定自己的特性。对于别人的意见，也
要三思而行。

树的选择

几棵小树即将从技校毕业
要选择未来的生活
桃树说，我有树中最美的花
我要去花园
与百花们争奇斗艳

枣树说，我结的果子最多
我要去找一片庄稼
比一比谁更丰硕

小白杨说，我一不开花，二不结果
到哪都不会红火
让我去一个荒凉的地方吧
默默生活

它们的愿望都得到了实现

小桃树来到了花园
给各种花热情招呼
它说自己拥有最美的容颜
大家一起努力，创造美好的春天
但花们感到它很另类
都没有理睬

对它视而不见

枣树来到庄稼地
热情地跟庄稼拥抱
庄稼从未见过这种举止
吓得纷纷躲闪
地里弄得狼藉一片

白杨树来到一个荒凉的地方
默默生长

一天桃花正在得意地跟花们吹牛
种花人见了，说，这是花园
你怎么到处乱窜
桃树为自己辩解
说它是著名的桃花
种花人说，可惜你的美丽找错了地方
然后粗暴地将它拔起扔出很远

枣树那边，感觉良好
看见农夫锄地
便有些矜持
它想，农夫见我一定惊奇
我能结很多果子
他会给我松土施肥
倍加珍惜

哪知农夫见它，很是生气
你咋到这里捣乱，破坏庄稼的纪律
枣树刚想申辩
农夫已用锄头将它连根除去

只有白杨树无人过问
在寂寞里培养自己的坚强
一天，它被一队考察人员发现
他们为白杨树的生命力感动
给它拍照，为它写赞美诗章
白杨于是出了名，有了很多粉丝
粉丝们纷纷效仿，加入白杨的行列
这样，一棵树变成了茂密的林场

小白杨却很冷静，没有骄傲张狂
它明白一个道理，眼前的繁华容易变得渺茫
不幸中往往埋藏着希望

寓意: 选择目标时要理性，不可臆想，选定
后的目标要坚定地去实现。

太阳与风

太阳与风
在一起打赌
比一比谁有本领

它们看见一个旅人
穿着漂亮的棉袄
就忽发奇想
看看谁能把棉袄要来

风先发力
它拼命地吹
想把棉袄吹掉
旅人突然寒冷
风愈是吹
他把棉袄抱得越紧
太阳看见笑了
你看我的吧
只见它慢慢给旅人加热
旅人感到温暖
就把紧抱的手松开
太阳继续给热
旅人开始冒汗
最后把棉袄脱下

风很惭愧
太阳开导它
要懂得给予

它们又看见一个小孩
美美地吃着雪糕
太阳说你看我怎样把雪糕要来
它像刚才那样
不断地给热
小孩汗如雨下
吃得更快
眼看吃掉一半
风说看我的吧
只见风迅速地吹
一会儿小孩便冻得瑟瑟发抖
最后把雪糕扔了

太阳很惭愧
风开导它
有时要学会索取

寓意： 同样的方式方法，用在不同场合的人
身上，会产生不同的效果。

洼地

一块洼地，心胸宽广
它既欢迎清清的小溪
也不嫌弃浑浊的泥水
它相信，泥沙会慢慢沉淀成友谊

渐渐地，它的水面变得开阔
许多鱼虾也慕名而来
更让这片水域充满欢乐

洼地自信有容乃大
幻想有朝一日成为海洋
有个加工厂听到消息
赶来与洼地商议
它希望每天提供成千上万吨水流
洼地非常感谢，愿意接受

不久，工厂的污水到达洼地
引起一片慌乱
鱼虾首先抗议
污水会让它们失去生命
洼地劝解说
要学会宽容
当初那么多污浊的泥流

不也变成了大伙的营养
鱼虾大叫
你哪里是包容，分明是藏污纳垢

洼地任由工厂排污
鱼虾纷纷死亡
原来清澈的水面
变得臭气冲天

洼地心中烦闷
却不做任何举措
它还在坚守自己的信条
不久因为污染环境
它被人彻底填平

寓意： 有宽广的心胸，包容别人是一种美
德，但如果不加识别，好坏不分，就
是罪过了。

衣服与墙纸

一件衣服自感廉价
挂在墙壁，比较低调
墙纸见了取笑：
主人真是眼瞎
你的花纹这么难看
瞧瞧我的多么鲜艳

衣服没有理睬
墙纸更加卖弄：
你摸一摸我多么环保
你的长相就质量一般

衣服依然沉默
墙纸于是不满：
你一定肮脏无比
不然为何总被洗来洗去
你看，主人从来不用洗我
我生来就一尘不染

衣服冷笑：
我是给人穿的
你是给墙穿的

我都如此不堪

你岂能掩饰自己的低贱？

寓意: 习惯轻视别人的人，往往自身也高级
不到哪去。

猫的报复

猫善于卖萌
被封为领导
猫讨厌狗、鼠
上班伊始
就想找个茬儿收拾

它翻开员工手册
见狗看管仓库
尽职尽责
鼠负责打洞
屡获好评
它们都工作出色
猫很是犯愁

这时鸡出个主意
让鼠去看仓
让狗去打洞

不久，狗就因迟迟不能竣工
受到严惩
鼠因在仓库偷窃
被打入牢笼

寓意：利用别人的弱点、短处，打击报复，
使阴谋得逞，是可耻的。

母鸡的教导

有只小鸡喜欢空想
它望着鸟儿飞来飞去
就想长出鸟儿的翅膀
去天空翱翔

但它的妈妈喜欢叨叨
见它发呆的模样
就劝导它
做只鸟儿多么可怜
缺吃少穿，没有家园
风里雨里，没有温暖

小鸡听了妈妈的话
去鸡窝里反思三天
放弃了做鸟儿的打算

一天它跳上墙头
看见鸟儿在天上快乐自由地飞翔
不禁喃喃自语
多么可怜啊
整日忙忙碌碌，奔波流浪

它跳下来，到餐盆里啄几口食

幸福地叫几声
又扇动一下鸡翅
友好地招呼鸟儿
下来吧，为什么不来做只鸡呢

寓意：不切实际的空想是没有意义的，但对
于有理想的人，不要用自己的喜好轻
易去否定他人。

池塘与月亮

有个池塘
自豪怀中有个月亮
青蛙告诉它每个池洼都有
它不信：
你看，天上只有一个月亮
水中当然也只有一个

于是，青蛙带它去周边河沟看看
它吃惊异常
怎么可能？它们的月亮一定是偷的

它越想越气恼
就喊来一片云彩
大声说：
看着，我要把我的月亮蒙上
任谁都偷不去我的月亮

果然，所有的月亮都消失了
池塘自信地对青蛙说：
看见了吗？
我是唯一的！

寓意：自大、封闭，缺少见识，会把偏见坚
持到底。

骄傲的棉衣

一件棉衣高档、温暖
主人穿上它非常神气

棉衣得到主人宠爱
对其他衣服不理不睬
有件内衣向它请安
还遭到贬低训斥

主人穿衣经常调换
休息时，棉衣便吹嘘自己的见闻
主要是把谁谁的外套比了下去
听众都羡慕不已
渴望主人一天也穿上自己，出人头地

天气渐暖，主人开始远离棉衣
他有时穿上夹克，有时只穿件衬衣
棉衣觉得受到冷落，很是不满
一次主人换衣时，它跳上前
要主人穿上自己，主人告诉它穿上会热
棉衣撒娇，不屈不挠
主人生气地把它扔到一边，同伴发出一阵
讥笑

一件 T 恤伸出头大喊：
哈哈，棉衣
季节轮流转，今天你靠边
棉衣气愤至极：
一件破 T 恤，也和我比试

话音未落，主人已换上 T 恤
美美地走了

寓意： 谁都不会永远得势。得势时不骄傲，
失势时才不会受到嘲笑。

青番茄

一只青番茄爱美
看见姐姐肤色娇红
便忍受不了自己的青涩

它邀来蝴蝶为自己美容
蝴蝶给它涂上色彩，鲜亮无比
但一场风雨又让它恢复原形

姐姐劝它，不用着急
假以时日，你会有红彤彤的美貌
可它听不进去
反而讥讽姐姐
你是不是害怕我超过你

它找来几只虫子为自己加工
虫子在它身上打眼
钻进它的体内折腾
青番茄忍住疼痛
很快全身也有了娇红

一天主人给菜园浇水施肥
欣赏地看着姐姐
青番茄妒忌，特意展示一下

主人扫一眼
随手把它摘掉扔了

寓意：爱美之心，人皆有之。但虚荣心强，
采取不当措施，会害了自己。

树兄弟

几个树兄弟挤在一块生活
日子过得清苦
但兄弟友爱，苦中有乐

哥哥对众兄弟说
我长大一定好好照顾你们
让你们有充足的阳光、雨水和营养
我们兄弟好好努力，变成一座森林
现在你们应多支持、帮帮我

众兄弟懂事，忍饥挨饿
把好东西让给哥哥
于是哥哥长得很快
高出兄弟一截
而兄弟愈加瘦弱

哥哥长大，兄弟的生活并没有好转
反而哥哥胃口大增，占去更多养料

有个兄弟提议，要哥哥把多吃多占的退回
哥哥拍一下它的脑袋
你咋不见我的贡献

我给你们遮风避雨，受了多少委屈
你们现在生活平安，还要来找我的麻烦

有兄弟说，你让下身子
给我漏点阳光吧
哥哥踢它一脚，我把身子歪向一边
这样站着有多危险
兄弟不再言语，私下里长吁短叹

哥哥继续抢占兄弟的养料
终于长成参天大树
而它的兄弟长期营养不良变成了矮草
它有时也想帮兄弟一把
但又舍不得让出一点空间
于是招蜂引蝶，学会了消遣

众兄弟对哥哥彻底失望
它们压抑不满，心生怨恨
便邀来虫子，悄悄吃掉哥哥的根须
又去掏空哥哥的躯干

而哥哥还沉迷于欢乐中，浑然不觉

一天，暴风雨突然降临
哥哥猝不及防

树身在虫眼处折断

它留下的半截身躯，也不再发芽

因为根早已腐烂

寓意：不懂感恩、自私自利、不知回报的
人，没有好结果。

虚荣的柿子

柿子经过风寒
依然骄傲地在枝上招手
有人称赞它是秋天最美的灯笼

一次果品比赛，柿子被评为最优
大家觉得这很励志
请柿子谈谈自己的理想
柿子说，我打小便与众不同
其他瓜果苦涩难咽时
我已爽甜可口

有人反驳：
你小时是涩涩的呀
柿子不屑：
为了免遭伤害，涩是我的伪装

众果品认识到理想的差距
都羞愧地低下了头

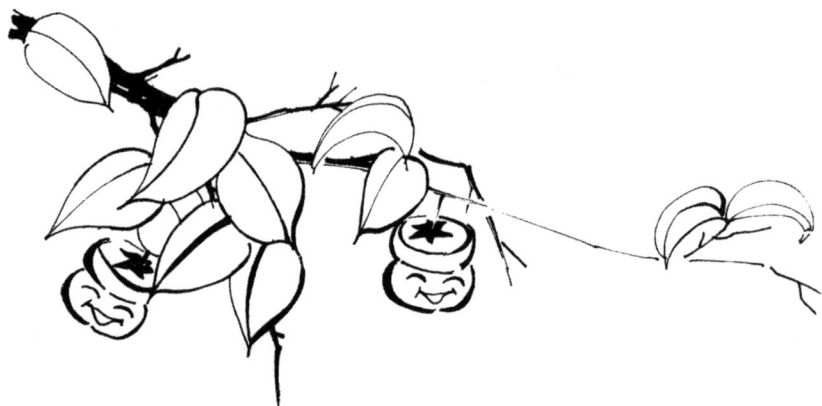

寓意： 有些成功者喜欢夸耀自己的与众不
同，但往往不符实际。

灯泡

黑夜，灯泡发出亮光
引来虫儿无数
灯泡自以为拥有魅力
想四处招摇一番
但受电线束缚
不得随意动弹

灯泡很生气
责怪电线纠缠
电线伤心不已：
你要知道，我若撒手便是害你
是我供养了你，躲在你身后
让你出人头地

灯泡打断它：
去去去，不要向我索取情分
这都是各自的命运

虫子在一旁起哄：
是啊，灯泡是我们心中的太阳
你一根电线算个老几

电线体内顿时一阵慌乱

只听电流在大叫：
对待不通情理的东西
何必跟它多语

嘭，开关跳闸
灯泡瞬间漆黑

寓意： 那些忘记衣食父母、自我膨胀、不识
好歹的人，应该受到惩罚。

风与水

风与水相识
它喜欢找水聊天
每次来水都拍手欢迎

风见水友善，跟它请求
说自己怕冷
想从它那儿借点温暖
水爽快答应
于是风得到的热量源源不断

或许得来容易
风对援助毫不珍惜
它随意抛洒
紧接着又去索取
水不堪重负
渐渐冷淡

一天风挥霍完水的热量
再去张口
却碰了钉子
它不解，水温柔的性情
为何变得坚硬

风看水在冰的下面不理不睬
不禁着急，水啊，你干吗穿上一层冰
脱去它吧
我们重新做个好友

冰突然回答，蠢货，你要看清
我才是水真正的外形

寓意： 对于索取无度的不义之徒，要敢于拒
绝，让他碰钉子。

山

大水来袭，生灵逃到山上躲避
山不忍看见生灵受苦，号召大家努力治水

它们疏通河道，又开辟泄洪区
可水还是久久不能退去

山很着急，问题究竟出在哪里
一只蚂蚁斗胆回答：
山啊，你横在这里，恰是最大的阻力

寓意： 有人在督促别人改正错误时，却没有
认识到自己恰是错误的根源。

玫瑰

粪堆旁长满花草
一枝玫瑰寂寞地开放
有人觉得惋惜，带它投奔一个花园

园长面试，你为何来到这里
玫瑰说，我的环境肮脏
我的美丽不应在那里生长

园长问，你是否也受到不良影响
玫瑰自豪地说，幸亏我洁身自好
没有沾染一丝不良

园长说，那你一定受到排挤，没有立足之地
玫瑰为了显示自己的地位
急忙纠正，才不是，我在那里很是娇贵
所有的花草虫儿都对我恩爱有加

园长摇摇头，你在肮脏的环境受到恩宠
你的身上怎能没有一点污秽

寓意： 在肮脏的环境里受到宠爱，不可能不
受到一丝污染。

船与土坝

船儿在水上巡游
土坝不禁赞叹：
船儿多么神奇啊
终日骑在水的背上
水就像一头驯兽

它向船儿请教：
为何你可以逍遥自在
而我却傻傻地待在这里
还要经受水的冲击

船儿说：
生命就要洒脱，没有拘束
你整天横在那儿，像个死去的木头
哪有生活的乐趣
你看我内心空空，无私无欲

土坝听到船儿的说教
非常惭愧，它开始疏于管理
不再加高加固
它要放松心情，看看风景

鱼儿游过来，提醒说：

不要听那些浮夸的言语
你要固守信念，不随波逐流
你的存在才有意义
土坝没有听取

不久，大水来袭，土坝告急
船儿来给它打气：
土坝啊，我见过大风大雨
对待不幸要有一颗平常心
土坝不语，憋住呼吸

这时，鱼儿向船提出建议：
船啊，你总是飘飘然，何不邀些伴儿
装些土，助土坝一臂之力

船儿不理，继续鼓励土坝：
相信自己，你看我
不管水涨多高
我都让它低头

话刚说完，一波浪涌将船儿推过坝去
船儿滚几个跟头，趴在水底
土坝见偶像如此不堪
心中一慌，顿时崩溃

寓意: 对浮夸的人一定要警惕,听他的建言
　　　是一种灾难,浮夸者害人害己。

猴与笨猪

聪明的猴
与笨猪是邻居
猴经常占猪的便宜

猪不识数
猴借东西
往往借多还少

这一年，猪地里的西瓜早熟
猴借了很多去吃
最后只还一个
看见猪根本没有发觉吃亏
猴非常得意

一天，猴要出去旅游
它地里的西瓜已经成熟
猴怕被偷
就委托猪帮着看护
猪很爽快
一口答应

望着猴的西瓜又大又圆
猪说，我借一个吃吧

于是猪天天吃得痛快无比

猴旅游回来
地里的西瓜已所剩无几
正在懊恼
只见猪从家里抱来一只西瓜
猪说，我只借了一个
现在还你

寓意： 爱占小便宜的人有时自以为聪明，但
聪明反被聪明误，贪小便宜吃大亏。

旋风

旋风无所事事
牢骚满腹
走到哪儿都不停絮叨
行人烦不胜烦
对它吐口水，甚至对它跺脚

旋风心情更糟
见清洁工打扫它刮飞的垃圾
看出他是个好人
便想对他诉说自己的烦恼
不料刚一靠近，成堆的垃圾立刻漫天飞舞
仿佛它的牢骚开满花朵
清洁工白白辛苦一场
生气地骂旋风是个妖魔

旋风悲观失望，跑到天上哭泣
一片云朵安慰它：
与其整日里绕来绕去，遭人嫌弃
不如化作清风一缕
我们去游一游山河

旋风接受建议
化作清风，推着云朵缓行

它不仅饱览人间美景
同时给蓝天增加一份纯净

它有时跑下来，见清洁工还在烈日下劳作
便为他吹起凉风
清洁工受到关爱
赞美它有天使一样的心灵
旋风很感动，自己仅仅改变了行为的方式
就收获了不同的生命

寓意： 如果生活中充满烦恼，改变一下生活
方式，或许会有崭新的开始。

拔罐

一个痈疮
口小根大
肉体做几次努力
想把脓水挤出
都没有挤动
痈自豪地想：
我强大又迅猛
要不多时，将成为身体的主宰

肉体找到医生
希望尽快解除疼痛

医生捏一捏
要肉体再忍耐几天
他说，有些事需熬一熬
痈哈哈大笑：
医生又奈我何

它志得意满
更加肆无忌惮
它的身躯因肥大变得柔软

这时，医生拿起拔罐扣在它的身上

痛心头一慌，被连根拔起
医生一乐：
够了没
一个小小的疮
怎会有这么多幻想

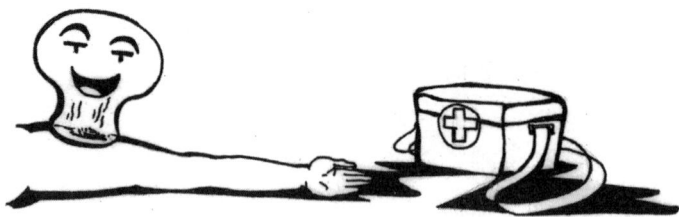

寓意：小人得志时，会忘乎所以，不知末日
即将来临。

耕地

一片耕地听说主人在上面建房
心中大喜，它对庄稼说：
看吧，今后会有更多的锄头为我松土
会有更多的补给让我肥沃

庄稼不舍地说：
你要发达了，可别忘记我

动工开始，工人用石夯在耕地上砸实地基
耕地从未受过这种打击，昏厥过去
待它醒来，发现身上又被挖出几道深沟

它对主人痛苦地喊：
为什么我长小小的庄稼
你对我呵护备至
现在我要长高大的房屋
你却对我如此残酷

主人拍拍它：
不行啊，还要砸一砸
我要你有更多的底气
否则那么多人命交给你

真怕你承担不起

耕地忽然明白，它获得了一个伟大的机会

事实上，也让自己变成一块死地

寓意： 有得必有失。责任越大，必须承受的
压力也越大。

草与树（二题）

1.
草与树同时发芽、生长
见树越长越高，自己却始终低矮
草讽刺说：
树啊，你总往上攀
难道真能上天
你不知天上有风雨雷电
小心被劈

树不解：
我的努力怎么妨碍了你
你整天缩在那儿
有什么意义

草直起腰：
我是大地的孝子
你看我从不忘本
把根深扎大地
不像你只顾把手伸向天空

树握一握草的小手：
我岂敢忘本
无论我有多么高大的身躯

都离不开土地的滋养
你只盯着我不停地向上
好像争夺了你的风光
请你摸一摸我的根
是不是比你扎得更深

草不信，摸一摸树根
羞愧地钻进土里

寓意：不知努力的人，见不得别人的成功，
不了解成功者的背后，要付出许多
艰辛。

2.
鸟儿无意中将草籽播进沃土
将树种丢进了洼地

草一出生，就富足、温暖、生活无忧
树一出生，就贫穷、饥饿、更有寒水侵袭

很快，草远远超过树苗
草嘲讽地喊：
树啊，你要努力
树张了张嘴，发不出声

一个季节过去，草垂垂老了
它的子女，留在沃土里
等待下一个美好的开始

而树苗光着瘦小的身躯
在严冬里挺立

春天来临时，树苗被风儿从梦中唤醒
它好奇地打量着周边
发现它比草儿高了一个起点

又过了几度春秋
树苗长成大树
它身边的洼地历经岁月的冲洗

变得平坦
它向草儿喊：
草儿，我没有辜负自己
我是一棵树的种子

草儿几经轮回，渐渐失去记忆
挖苦说：
你一棵树
跟草儿较什么劲

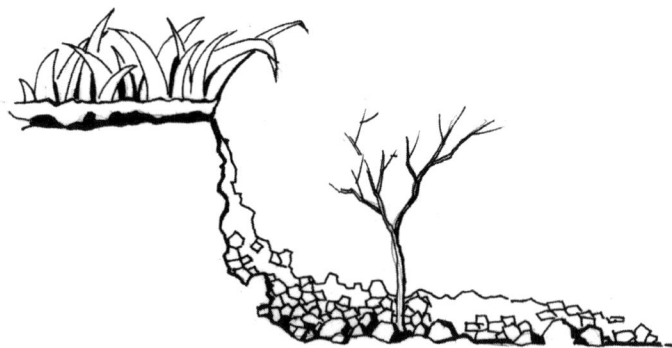

寓意: 努力才能改变命运，有好的条件不去
努力，也会变得平庸无奇。

帆

帆读了成功学
觉得成功不需要条件
单凭意志就可以实现

它扬起头
对风说：
我的命运掌握在自己手中
风欣赏说：
是啊，只要你不逆风而行

帆对河流说：
我的命运掌握在自己手中
河流欣赏说：
是啊，只要你不逆流而行

帆对天空喊：
我的命运掌握在自己手中
天空善意地提醒：
是啊，希望你有清醒的判断
眼前，你先躲一躲
马上就有暴雨雷电

寓意：成功需要外界的帮助，自负蛮干将与
成功无缘。

路灯与月亮

路灯自满地打量着身上的光芒
又望了望天空
对月亮喊：
嗨，月亮，无论你曾经多么迷人
现在和我相比
你真的多余
何不回去睡觉
却在天上圆缺无常
像发了神经

月亮默不作声
路灯以为它理屈词穷
恰好一个书生路过
吟咏月亮
它心有不服：
喂，为什么我给你引路
你却赞美月亮

书生回答：
你只关注自己的一片光明
不晓得月光照亮了整个夜空
它圆缺无常
却给了我人生启蒙

寓意：做出小小成绩的人，无法理解大境界的人。

病树

一棵大树生了许多虫洞
它的一根树枝自暴自弃：
为何别的树都有健康的身躯
唯独我的枝上出了问题

鸟儿安慰它：
哪棵大树不千疮百孔
能挺到现在已属万幸

树枝不领情：
你是爱护树上的鸟窝
才会这般胡说
你看我身上坑坑洼洼的
瞧着就很丧气

树枝邀请风说：
风啊，你努力些吧
看看能否将我摧折
我需要一次新的生命

风没有动静
它又邀请雷电：
雷电啊，请给我致命一击

我渴望浴火重生

见雷电也没有搭理
树枝邀请人来：
人啊，请你评评理
像这样病恹恹的树种有什么意义
快些毁灭吧
帮我嫁接成新的品种

人点点头，拿来斧头
树枝大喊：
把整棵树都干掉吧
不，最好连根掘起
这是罪恶的树
希望它不要留下任何根须

人骂道：你比虫子还要恶毒
你不好好反省、清理虫害
却要自甘毁灭

说罢，愤怒地举起斧头：
我怎么可能让整棵树为你陪葬

寓意：灵魂堕落的人，在自我毁灭时，往往
会迁怒他人，希望别人为他陪葬。

假话真话

假话日子过得不错
从人口里进进出出
世面见多了，也更会装饰打扮
人人都夸假话漂亮

真话长期闷在肚里
险些窒息
它多次向人抗议
要出去走走
但都被阻拦
人警告说：
你要知道
外面凶险
切莫出去
惹出麻烦

真话被死死拴住
相貌渐渐走形
甚至身上还有一股气味
让人一想起就有些反胃

时间长了，真话的角色也被假话取代
假话身兼两职

有些疲惫

一天假话支撑不住
倒头大睡
真话乘机挣脱锁链
刚一出口
就听好多人大喊：
快抓住它，那是头怪兽

寓意：说惯了假话，听惯了假话，真话就变
　　　得可怕了。

心灵的窗户

心恳切地对眼说：
你是我的窗户
现在搞合作交流
希望你不要让人觉得
我是个滑头

眼为难：
我就像透明玻璃
让人一目了然
你不想让人看穿你的世界
除非挂上窗帘

心生气：
亏你想出这等损招
挂上窗帘会让人觉得我难以捉摸
别人信我不过
还怎么进行合作

眼劝道：
既然如此，就让你的空间充满阳光
不要总弄些阴云在里面晃荡

心叹息：
你哪里知道我的苦衷

谁不想心中晴朗
只是我生了无数病菌
是它们产生了阴云

眼批驳：
只怕是你算计别人，从此留下病根

心着急：
我不想与你争论，只需你学会掩饰

眼翻了翻：
不仅我无法掩饰，你在脸上的气质
也表露无遗，还是医治根本吧

心一时无计可施
给眼戴上彩镜

寓意: 眼睛是心灵的窗户，心灵肮脏，眼睛
里会透露出邪恶；心灵洁净，眼睛里
会透露出善良。若想取得别人的信
赖，一定先修炼好自己的心灵。

钻石

钻石、沙子、泥土、石块
在一起生活
它们性格不同
不断磨合
石块霸道
被推为头领

一天洪水暴发
口袋奉命填堵溃坝
它希望大家主动献身
保卫家园

但是大家面面相觑
都不愿上前
口袋着急：
你们不要只顾自己利益
如不抓紧时机
马上我们会失去土地

石块大声喊：
大家快些跳进袋子啊
你们的生命有啥值得珍惜

沙子、泥土都很害怕
钻石挺身而出，想要带头
被石块拦住：
让那些卑微的家伙去吧
你是高贵的生命

钻石挣脱它：
你轻视别人的生命
别人又如何为你卖命
它毅然跳进口袋：
我埋在水底固然可惜
可谁的生命不很珍贵

大伙见钻石如此舍身
都蜂拥而上

寓意：生命对于每个个体而言都是宝贵的，
只有不怕牺牲，起带头作用，才能引
领大家做事。

魔术师

猴子学了魔术，到处展示才艺
为吸引观众，他经常变出点心给大家品尝
观众都夸猴子神奇，猴子非常得意

后来谁缺点什么
都请猴子帮忙，猴子拿出本领
满足它们的愿望
猴子受到尊崇，被亲切地称为魔王

虎听说了，找到猴子
它说，我家乡遭灾，饥饿难耐
想请猴子变些食物

猴子见虎有求于己，受宠若惊
急忙变了几个果子给它
虎不满意，你知道我爱吃肉
为何拿果子糊弄
猴子为难，满足不了虎的要求

虎气愤，你有神奇的魔力
怎能见死不救
猴子赶紧解释，这些只是魔术
虎嘘口气，哈哈大笑

我也会魔术
可以变出和你一模一样的猴子
让它做我的食物吧

虎让猴子蒙上眼睛
一把抓过来
看，我变出一个猴子

寓意： 在强大的挑衅者面前，什么魔术也失
去魔力。

皮球（二题）

1.
皮球性格开朗
活蹦乱跳
小孩都喜欢和它玩闹

一天皮球滚到一堆沙里
沙子劝它说：
皮球啊，干吗脾气这么坏
点火就着，你应学会柔和
皮球不解：
我没犯错啊
沙子问：
你有没有砸破人家玻璃
你有没有打碎人家花盆
你还撞倒一个婴孩
皮球埋下脑袋：
可这是我的性格

沙子继续劝导：
性格决定命运
你看你遇事就跳，一跳老高
有一天你会遇到挫折

皮球请教该如何去做
沙子温和地说：
心里别生气
脾性改一改
遇事莫逞强
要示弱

皮球聆听教诲
把气放了
艰难地回到小孩中间
小孩拍它拍不动
见它始终软绵绵地躺着
不满地问：
皮球你干吗打不起精神
皮球歉意地说：
对不起，以前太逞强
现在我懂得谦让

小孩一起哄笑：
你这不是谦让，是泄气
于是，将它踢到一边
不再和它玩耍

寓意: 听取好的意见使人受益，听取坏的意
见，丢掉自己的特性，等于毁灭自己。

2.

皮球性格粗暴
它不感到担忧
还自认为是一种魅力
跟别人介绍自己时
经常说：
我脾气不好

皮球觉得大家应该对自己谦让
对方如果受到自己伤害
也应给予理解
因为它有脾气这张王牌

一天皮球在球场玩耍
一个潇洒的弹跳滚到路边
一根钉子躺在那儿
皮球发火：
你这个破钉子不滚到一边去
干吗躺在路上使坏

钉子立马站起来指着皮球骂：
你个破球算什么玩意
谁要你来教训
汽车轮胎都怕老子

皮球大怒：

你敢惹我暴脾气

上去砸向钉子
噗，皮球瘪了
只听钉子恨恨地说：
你敢惹我垃圾钉
我也是个坏脾气

寓意：性格暴躁的人，总会碰钉子的。

太阳与行星

太阳召集行星开会
向大家索要情份：
你们要懂得感恩
我无私给你们光热
可是除了地球歌颂过太阳
还有谁说过一句好话

火星首先开口：
咱们都是搞服务的
谁也别瞎捧谁
你是大保姆，我们几个是护卫
主人赏你几句好话，千万别当真

金星附和：
是的，地球还叫我启明星呢
夸我可以指引方向，带来光明

另几个也附和：
是啊，地球称我们五行
还配上它的八卦
可以测风水、算算命

太阳有点发蒙：

莫非我高估了自己
竟是一个低贱的身份
可它不甘心：
你们毕竟都围着我转啊

行星大笑起来：
但在我们上面，看到的是你东奔西走
忙得团团转

太阳失落，见有几位默不作声
试探问：
你们几个也发发言
它们齐声说：
我们是下级军官
不参与讨论

太阳盯着地球：
你说咱们谁是主子
地球微笑：
你不用在意谁是主人的身份
我们的生命本是一体
不仅你困惑自己的角色
我也困惑自己的传奇

太阳点点头：
话是这么说

我还是很难过
我总自认为自己是你们的主人
看来这是一场错

寓意：一个和谐的整体，每个角色都很重
要，只要把自己的特点、能力充分发
挥，就都是最好的角色。

水洼

雨后，路面上一个水洼
很得意：
我是多么富足啊

它招呼来往的脚步：
你们不要只关注大江大河
看哪，我也拥有自己的世界
我要让你们瞧一瞧我的胸怀

白天，我装得下蓝天白云
夜晚，我容得下满天星辰

微风吹过，我会拥有自己的思绪
太阳路过，我会发出耀眼的光辉

我从不和池塘攀比
因为我要和大海一样发出自己的声音

行人不住地点头
夸赞它有出息

这时一只鸡过来
伸长脖子喝了一口

水洼气得大叫：
不长眼的鸡啊
满沟满池的水你不喝
干吗掠夺我

鸡好奇地看着它
它居然痛哭起来：
你一口下去喝掉我多少云彩
从此我的世界风光不再

寓意：有人看起来志向挺大，遇到一点小挫
折，就能现出原形。

否定

一棵树爱否定别人
看见小草努力生长
它板起面孔：
这么卑贱的存在
真是糟蹋了生命

看见别的树结满果实
它语露讥讽：
脑子有病，自己又不吃
还累得要死

它听见有人赞美园丁
好生奇怪：
凭什么赞美他，他不过是有所图
难道你得到多少好处

它甚至否定了太阳：
这个傻瓜，无聊透顶
成天光呀、热呀给个不停

后来它感到寂寞
邀请鸟儿在上面搭窝
风儿阻拦说：

总是否定别人的家伙
一定不可靠
于是，鸟儿另栖它枝

果然，鸟儿发现这棵树
与世界格格不入
鸟儿问：
它生来就是为了否定别人的吗
风儿说：
差不多吧，这似乎是它与生俱来的使命

树没有朋友，不少虫子却愿与它为伍
它不停地落叶，就像一个个否定
不久把自己变成一棵枯树

寓意：总爱否定别人的人，一定不可靠，他
最后也会否定自己。

猴子与老屋

老猴率领猴群，找到一间老屋
它非常兴奋：孩儿们，咱们有家了
再不受那风吹雨淋的痛苦

猴们欢快无比，除去外出觅食，就待在屋里
玩耍
觉得这是它们生命里最佳的居处

但老屋老了，猴们没有注意它已气喘吁吁
它努力支撑着，直到耗尽所有的意志和精力

一天狂风大作，地动山摇
老屋倒塌，无数只猴子被砸成重伤
猴们不能接受这个现实，它们热恋的老屋竟
是可怕的凶手

老猴弥留之际，告诫子孙：
不要相信屋子，它们都是骗子

猴们记住了教导
从此恨死了屋子

寓意： 缺少辨识能力和自我反省的人，总认为错误是别人的。

小溪

一条小溪开朗活泼
它有着清秀的身姿
美丽的歌喉

一片高原希望小溪待在身边
它许诺：
如果你留下来
我愿给你一个池塘
小溪谢绝了

它许诺：
你若嫌弃池塘
我愿给你一个湖泊
小溪谢绝了

它许诺：
如果你嫌弃湖泊
我愿送你一条江河
小溪谢绝了

高原气恼：
你究竟有怎样的胃口
为什么不打量打量自己

价值几何

小溪倔强地说：
我不要你的财富
我要寻找自己的快乐

高原挖苦它：
你有了今天没了明天
去哪里寻找快乐
难道快乐就是到处漂泊

见小溪执意要走
高原愤怒地揉进几把沙子
让它浑浊不堪
小溪不屑地对高原说：
你给我的行走
增添了动人的颜色

高原情绪失控
阴险地在前方裂出一道悬崖：
我要让你无路可走

不料小溪立刻变成
美丽的瀑布

寓意：对于不屈的灵魂，任何磨难都阻止不
了它的精彩。

云与鸟儿

鸟儿飞到高空
遇到一片云朵
鸟儿友好地问：
你去哪儿，我们可否结伴同行
云也友好地回答：
我要去造一道彩虹
鸟儿激动：
那是多美的创造啊
请你带上我
能在虹上留个影
是我终生的梦

它们一同飞翔
一路谈风雨
谈各自的经历
它们相见恨晚
约定要一起创造神奇

云又谈它伟大的蓝图
要让世间充满美好
一定不能让灾难重现

鸟儿随声附和

为云的理想点赞

云愈发充满激情
谈兴更浓
鸟儿忽然说：
不行啊，云朵
我现在饿得厉害
得赶紧寻些吃的
说罢，迅速飞离

云想拉它，却下不去身体
它迷惑不解：
干吗会饥饿
吃有什么意义

寓意： 不同层次、不同境界的人在一起做
事，即便有很好的开头，往往很难一
起走到最后。

船儿

一条船儿厌倦随波逐流
它寻到一个港湾
将自己拴在岸边

船儿可以静静地品味生活
充满遐想
它的心情也变得晴朗

它对远航的同类说：
干吗要追着风
逐着浪
为什么不消磨消磨美好的时光
你看，我决不委屈自己的灵魂

不久，港湾拆迁，船儿被驱离
它又回到海洋
一阵风吹，它跟着风走
一股浪涌，它跟着浪行

海鸟在它身边盘旋：
船儿，你不应当自暴自弃

船儿哭泣：

虽然我有自由的灵魂
奈何无法左右自己的身躯

海鸟劝它：
世上没有施舍的自由
你应将灵魂放在风浪里磨砺

船儿突然发火：
我们对生活有着不同的理解
我需求的是别样的美丽

海鸟话不客气：
那你只能面对生活叹息

说完，招呼同伴，钻进风中嬉戏

寓意：理想者应敢于面对现实中的困难。

狼老师

狼在野外混不下去
见有人传播狼学，深受启发

它租个门面，开班教学
狼对学员说，大家知道
狼行千里吃肉，狗行千里吃屎
狼的优点罄竹难书
凡是狼性团队，都获得巨大成功

有只狗随主人听课
听狼贬低自己，心中不爽
它大声说，你该明白狗最喜欢的是骨头

狼被噎了一下，清清嗓子
这位学员，关于狗的词语都伤你自尊
你们已丧失自身的个性，沦为依附之物
这是莫大的悲剧

狗反驳
狼这么牛气，这么快成了稀有之物
而我们狗子狗孙却繁荣昌盛呢

狼笑笑

我们肉体消失了
但精神长在了人的心里
不像狗，仅是走肉而已

狗跳起来
狗选择与人为伍
这是生存智慧
我们的精神向人性看齐
这恰是进化的动力
你的狼学不过是禽兽之道
难道人性竟比不过狼性吗

狼指指台下
为何那么多学员踊跃报名呢

狗呸一口
是你们这些狼渣蛊惑人心
当人们都变态如狼
只怕仅剩的狼群也无人保护
你们将被扒皮、吃肉
而那时我跟在人的后面，啃你炖热的骨头

主人深受启发，拍拍狗的脑袋
走，买狗粮去

寓意：向人性看齐，才会有出路。

公鸡的理想

有的人生活不幸
在于始终追求错误的目标
一只公鸡自小受了童话的影响
希望做一只鹰
飞上蓝天
搏击长空
它希望每天站在山顶
第一个叫醒黎明
它要让所有的鸟类仰视
成为禽类不朽的传说

它每天练习飞行
从鸡棚跳上墙头
从墙头跃上屋顶
又从屋顶飞到树梢
它掌握很多飞行技巧
与同伴相比
它的确出类拔萃
但它发觉自己仍飞得太低
飞得太慢
飞得不远
它想可能自身还比较肥硕
于是拼命减食、积极瘦身

直到营养不良，险些晕倒
可它的飞行水平与鹰相比
仍不可同日而语

公鸡的心情烦闷、抑郁
世上都说努力就有回报
为何它的回报如此糟糕
可是公鸡并不甘于认输
仍在顽强拼搏

公鸡的行为让它的主人感到惊奇
同伴也感到可笑
但公鸡依然我行我素
它每天都站在高高的树梢上
骄傲而孤独地
茫然不知所措

寓意: 追求错误的目标，无论怎样努力，都
　　　　是徒劳。设定目标时，一定要切合
　　　　实际。

好奇的猴子

一只小猴，是个孤儿
它没有玩伴，经常一个人溜达

一天，它看见老虎领着虎仔玩耍
老虎慈爱地伏在那儿
任由虎仔在它身上滚呀爬呀
它有时也伸出手来
与孩子们打呀闹呀

小猴深受感染
想起了母爱
它跳下树
溜到老虎身旁
想摸一摸老虎的尾巴
但老虎起身一口
咬住它的脖颈

小猴临死前，喉咙里挤出声"妈妈"

寓意：不要对天敌报有爱的幻想。

羊的诉求

有个羊群经常受到狼的威胁
一个胆大的羊找神仙理论
凭什么狼可以吃羊
羊却不可以吃狼

神仙点点头
给它穿上铠甲
装上巨大的牙齿
神仙指着一群狼
你可以去吃了

羊奋力向狼奔去
狼四散逃逸
羊追了几天一无所获
它饥渴难耐
求神仙帮助
神仙指了指四周
羊看见到处是绿绿的小草，清清的小溪

羊点点头，似有所悟
它脱去铠甲
将巨牙卸掉
喝足了水
美美地吃起草来

寓意：强者与弱者都是相对的，都有自己的
生存空间。装腔作势、华而不实，不
如面对现实，利用自身特点去生存更
有意义。

嫦娥

一人打小听了嫦娥的故事
迷恋她的美貌
同情她的不幸
当念及嫦娥寂寞地生活在广寒宫
就渴望每一个月圆的日子
乘梦去探望

他热爱与嫦娥相关的一切
对兔子特别好
还栽了许多桂树
甚至想象吴刚的样子
一些貌似的老者也受到他的帮助

他不喜欢王母
也不喜欢玉皇
他们没有给嫦娥应有的照顾
他从不向他们祭拜
一泄心中的不平

他时常对着月亮凝望
览月成为他的一种生活方式
月圆月缺
他的心随之潮动

没有月的晚上
他会怅然若失
陷入长长的思念

朋友觉得他得了魔怔
告诉他这一切都不真实
他非常不满
朋友为证实所言非虚
找出各种照片给他
月亮果真空空如也
仿佛一块死去的石头
他顿觉天崩地裂
骗子，骗子，他大声喊
他热爱的一切都被粉碎
他怀疑整个世界都是欺骗

每晚，月亮爬上山岗时
他都怔怔地盯着
仿佛要看清谁掠走了他的信念

后来，他对天空不再拥有兴趣
整日消沉
朋友后悔不该揭示真相
他想，何必破坏别人美好的虚幻
如果没有承受真相的能力
那恰是一场灾难

寓意: 生活在梦中的人，一旦接触真相，内心可能会崩溃。因而，好心地为对方揭示真相时，还要看对方的承受能力。

公鸡教学

公鸡从国际野鸡大学毕业
被动物民族学院作为专家引进
院长向学员介绍说
公鸡拥有水陆天三栖本领
院方花了高薪聘请
公鸡的教学非常有个性特色
你们好好配合一定学有所成

公鸡首先到家禽系鸭班教学
鸭们要求传授潜水技术
它们渴望像鱼鹰
能够逮鱼捕虾，潜入水中
公鸡却要教鸭们飞行
公鸡说，对于陆空生活你们要多加锻炼
否则遇到大旱怎能适应
在陆上生活会遇到许多凶险
我要教你们怎样逃生
我只需一招就可解决问题
那就是飞上墙头、柴垛或者屋顶
鸭们感到新奇，聚精会神仔细聆听

公鸡训话完毕
带领鸭们实战演习
公鸡用高度不同的梯子组成步步高

这是它教学的模具
它让鸭们先爬上最低的梯子
在上面展开翅膀一跃而起
开始鸭们都打了几个趔趄
甚至摔翻在地
但经过不懈努力
每只鸭都取得不俗的成绩
它们都能爬上高高的梯子飞出一段距离
这令院方非常满意
还作为特色教学要大家学习

公鸡的事迹传到小鸟系
麻雀的反应最为积极
它们申请公鸡也来教授飞行
为了在天上能捕到虫子
它们希望达到燕子的水平
公鸡接受新的任命
但它对麻雀说，世界大势你们真是不懂
这个生存艰难的时代
要学会如何竞争
否则你们嘴里的食物就会被夺走
因此我将教你们搏击
把对手打败，让自己取胜

公鸡带领学员摆好队列
它站在队前开始示范
它将脖子伸长，颈毛竖起

两眼喷火，紧盯前面
然后蹬、啄、抓、闪
学员跟着公鸡刻苦钻研
只见飘落一地雀毛
雀们身上也血迹斑斑
努力终获回报
雀们技术提高很快
它们在学院春晚进行了表演
赢得评委观众一致称赞

大鸟系学员非常羡慕，苍鹰班带头请愿
它们希望公鸡教授搏击
能在竞争中战胜野兽
公鸡一听有些为难
它对苍鹰有本能的惧怕
一旦有冒失鬼向它挑战
只怕吃亏事小，搞不好性命难保
但公鸡很快调整策略
它召集学员，和颜悦色地规劝
亲爱的鹰们，和平
是这个时代的主流
希望你们不要好战
到处燃起硝烟
历史上有人把你们的形象当成图腾
结果全世界遭受灾难
你们要接受教训，牢记前车之鉴
今天我要教你们学会吹奏和平的号角

让世界在美丽中呈现

鹰们的心灵仿佛受到一次洗礼
默默点头，接受它的观点
于是公鸡教鹰怎样打鸣
它高亢嘹亮的歌喉让鹰们震撼
大家渐渐掀起学习的高潮
动物学院顿时鸡叫一片

公鸡因卓越的教学效果
被评为劳模
还接受动物电视台新闻专访
动物界因此流行"鸡热"
它现在正赶两篇超级论文
一篇是《瞧，这只鸡》
另一篇《怎样才能火》

寓意： 没有真才实学，凭小聪明和欺骗手段
获得了成功，这是可耻的。

农夫与牛

老牛领着孩子在田间耕作
小牛见遍地铁牛非常高兴：
妈妈，等主人也买了铁牛，我们就可以不用
劳作了
老牛也很高兴：
是呀，孩子，我们祖祖辈辈做最辛苦的活
快要熬出头了，孩子，你真赶上了好时候

老牛与小牛憧憬着美好的未来，幸福的泪花
在眼中闪烁

第二天早晨，主人拿来好的饲料
小牛说：
妈妈，好生活从今天开始了
老牛说：
是的，孩子，好日子说到就到了
娘儿俩度过一个快乐的早晨

小牛开始禁不住唱起了牛歌《好日子》
老牛边欣赏，边畅想孩子以后可以成为牛星
也动情万分地唱了首《夕阳红》

这时，主人过来，老牛忙请教唱得怎样？

主人拍拍它的脑袋：

很好，充满了大地的芬芳

老牛很高兴，表示会继续努力

主人却向它表示了歉意：

老牛啊，我非常感谢你这么多年的劳作，可现在是铁牛时代了，我需要卖了，你才能凑够买铁牛的银子啊

老牛愣住了：

主人啊，虽然平日里您对我打骂，可我并不恨您，而且对您已有了深厚的感情，我不想更换主人，我们娘儿俩会努力工作，赶上铁牛的，您看我儿子它多么棒啊！

主人：

你们娘儿俩已是最后两头耕牛了，这个世界已不需你们付出劳力了

老牛：

那我的同胞们呢？

主人：

它们已被送进肉联厂，作了食物

老牛泪流满面扑地跪下：

主人啊！您可以先卖我出去，可我的儿子是多么棒的耕牛啊，它还没有体验到做牛的辛苦与快乐，您让它留下帮您耕作吧！

主人：

可是，有了铁牛，我已的确不需要它了，昨天已有娶亲的人家付出定金，它今天就要过

去了

老牛迷惘至极：世界不需要牛了？

主人：

不，世界只需要牛的肉体了

老牛：

可我们牛类宁可拥有苦难的灵魂啊！

老牛望了一眼蓝天，舔去儿子脸上的泪痕：

孩子，你看蓝天多么蓝，蓝天上有更绿更蓝

的草；咱们去那儿吃草吧

寓意： 祸福相依，好事到来时可能伴随
灾祸。

猪与大象

一个马戏团途经村庄演出
猪挣脱绳套去看热闹

它见大象脚系一根铁丝拴在木桩上
不禁嘲笑：象啊，你这么大的身躯
怎会被铁丝系住自由
你不懂得抗争
一看就是个软骨头

象微微一笑：挣断铁丝
会有更粗的锁链
认清自己的命运吧
我倒为你的无知堪忧

猪摇摇脑袋：主人对我非常友好
给我端吃端喝
哪种动物有我这般享受

象皱皱眉：主人凭什么给你优待
你一无所长，又脏又丑
你会明白的，或许不用很久

猪呸的一声，看耍猴去了

第二天一早，为招待马戏团
老远就听见猪的哀嚎

象叹息：世上有人真是奇怪
自己朝夕不保
却热衷对别人指手画脚

寓意： 有的人对自身处境认识不清，还热衷
于对别人指手画脚。

后 记

写作寓言诗，有好多年了，最初太阳月亮小猫小狗的，写着玩，有人说，这不是诗，但朋友看了有趣，也没多管，就写了下去。2000年，还以此为主体，出了本书叫《新童话》。

后来知道，这种文体可以叫寓言诗。我在写它时，并未首先去想教育谁，告诫谁，只是对某事某物有了感受、认识，就把它记下，以比喻的形式表达出来。由于很多事物都有它的复杂性，不是一个单向的、简单的道理可以揭示、概括的，所以我追求的是寓意的多意性。这样不仅每个层次、每个年龄段的读者都乐于阅读，还能获取各自的感受。

虽然我的写作是原创性的，并以此作为原则，但世上的大道理就那么多，几千年前人类的智慧成果、经验教训到今天也并未过时。像做菜，一道菜用不同的做法来适应不同的品尝者，或者让人感到新鲜。所以，从古至今很多道理不过是换个写法而已。当然，我尽力把它写得新鲜些。

很高兴这些寓言诗能够结集出版，也希望它们能像草一样有生命力。感谢著名寓言家薛贤荣老师为本书作序，给予我莫大的鼓励。对于家人、亲友、读者朋友一直以来的陪伴、支持，我将以持续的努力及更好的作品来报答。

宫蔚国

2020年11月28日